명소의 발견

평소의 발견

카피라이터 유병욱이 말하는
평소의 관찰, 메모, 음악, 밑줄

북하우스

우리를 구원하는 것은
'평소의 시간'이다

인간은 치약이 아닙니다. 하지만 너무도 많은 시간을 우리는 치약으로 살고 있습니다. 짜내고, 짜내다가, 텅 빈 껍데기로 버려지는 삶.

치약에게는 늘 비극적인 결말이 내정되어 있습니다. 마개를 열고 나면, 결국은 몇 달 안에 쓰레기통으로 향하게 됩니다. 왜일까요? 그건 치약이 못나서가 아니라, 구조적인 문제가 있기 때문입니다. 치약은 내용물이 담긴 튜브와 한 개의 마개로 구성되어 있으니까. 출구는 있지만, 입구는 애초에 설계되어 있지 않으니까. 누구도 짜낸 만큼의 치약을 튜브 안으로 집어넣어주지 않으니까.

필요 이상으로 오랜 시간을, 능력 이상으로 많은 일들을 쳐내기 위해 책상에 앉아 있는 세상의 치약들. 우리에게 중요한 건 뭘까요? 저는 그것이, '평소의 시간'이라고 생각합니다. 특별할 것 없는 보통의 날들을 얼마나 풍부하고, 충만하게 보내느냐가 우리를 치약이 될 운명으로부터 구원해줄 수 있다고 믿습니다. 평소의 관찰. 평소의 독서. 평소의 음악. 평소의 여가. 틈틈이 나를 채울 수 있다면, 생각의 재료들을 쌓아둘 수 있다면, 고통스럽게 내 밑바닥을 보는 일은 줄어듭니다. 그리고 가끔씩은, 그 특별할 것 없는 보통의 시간 속에서 건져 올린 보석들이 특별한 생각으로 태어나는 경험을 합니다.

이 책은, 생각하는 일을 직업으로 삼고 20년 가까운 시간을 견뎌 온 한 인간의 '평소'에 대한 기록입니다. 긍정적인 성격 때문인지, '평소'의 힘 덕분인지, 저는 꽤 행복하게 이 일을 즐기고 있습니다. 좋아서 읽은 책의 문장이 언젠가 내가 쓸 카피의 뼈대가 되는 삶. 내가 관찰한 사람들의 하루하루가, 어느 날 회의 시간의 쓸 만한 인사이트로 돌아오는 삶. 저의 요즘을 행복하게 하는 것들도 알고 보면 '평소의 발견' 덕분입니다. 넓게 경험하고 깊이 생각한 것들을, 볕 좋은 날 사랑하는 사람들과 마주 앉아 나누는 삶. 언젠가 꼭 만나고 싶은 제 인생의 어느 날입니다.

　　짜냄의 시대에 굴하지 않고, 치약이 아닌 존엄한 인간으로 살아보려 합니다. 부디 책을 통해 전하는 저의 '평소'가 여러분의 '평소'에 가서 닿기를.

차례

PART 3 평소의 음악

PART 4 평소의 밑줄

제 주위엔 좋은 크리에이터들이 많습니다.
그리고 그들의 공통점은, '좋은 관찰자'라는 점이에요.
같은 것을 봐도 더 깊이 생각하고,
삶이 주는 기쁨을 더 깊숙이 누리는 좋은 관찰자들.

시인이 붉게 익은 대추에서
몇 달 전의 폭염과 태풍을 읽어내듯,
때론 천천히 들여다보는 것만으로도
발견하게 되는 놀라운 이야기들이 있습니다.

때론 생각의 재료가 되어주고,
알 수 없는 세상을 조금은 이해하게 해주며,
곱씹어 떠올리는 인생의 보석이 되어주는 순간들.

놀랍게도, 이런 보석들은 대개
평소의 시간들 사이에 박혀 있어요.
좋은 관찰자를 기다리면서 말이죠.

PART 1

평소의 관찰

빅파이와 어른의
상관관계

**"빅파이란 이름에 기대했다가
그 스몰함에 좌절하는 게 인생일까?"**

촬영장의 큰 기쁨은 간식입니다.

여러분이 TV 화면을 통해 보는 광고는 15초. 하지만 그 15초를 위해 저처럼 광고를 만드는 사람은 짧게는 하루, 길게는 이틀 정도를 꼬박 촬영장에 머물게 됩니다. 광고는 드라마나 영화와는 호흡이 다릅니다. 짧은 시간 동안 10컷에서 15컷 내외의 장면으로 제품을 매력적으로 보이게 해야 하거든요. 사용되는 컷 수가 적으니 한 컷 한 컷의 완성도가 굉장히 중요합니다. 그래서 그 한 컷을 건지기 위해 완벽한 장면이 나올 때까지 찍고, 또 찍습니다. 15초 동안 쓸 영상을 위해 하루 종

15

일 찍는다 해도 늘 촬영 시간은 (믿기 힘드시겠지만) 부족하죠.

모델이 유명인일수록 상황은 더 좋지 않습니다. 영화나 드라마를 '작품'이라 생각하고 최선을 다하는 것으로 유명한 빅 모델들도, 이상하리만치 광고 촬영은 일찍 끝내고 싶어 합니다. 모든 분들이 그렇지는 않지만, 때때로 광고 촬영을 본업이 아닌 알바로 생각한다는 인상을 받는 경우가 있어요. 하루 촬영으로 수억 원이 넘는 모델료를 받는데도 말이죠. 속상한 일입니다. 하지만 제가 어쩔 수 있는 일도 아니죠. 그렇다면, 우리에게 주어진 한정된 시간 동안 원하는 컷을 건지려면 어떻게 해야 할까요? 식사 시간도 쪼개서 찍어야 합니다. 그래서 광고 촬영장엔 늘 '밥차'라고 부르는 이동식 식당이 있어요. 그리고 틈틈이 요기를 하라고, 촬영 모니터가 배치된 책상 위엔 늘 과자 같은 간식들이 가득합니다.

그러니, 촬영장의 큰 기쁨은 간식입니다.

촬영이 늘어지는 딱 그 타이밍에 떡볶이가 등장하고 오뎅 꼬치가 나오는 날이면, 밥차 사장님의 센스에 감탄하곤 합니다. 책상 위에 놓인 과자의 종류도 밥차마다 다릅니다. 수입과자로 도배되는 날이 있고, '이걸 아직도 팔아?' 싶은 과자가 나오는 날도 있습니다. 의자 브랜드 촬영이 있던 5월의 어느 날은, 말하자면 '추억의 과자 데이'였어요. 그날 '엄마손파이'와 '마가렛' 사이에서 제 눈을 사로잡은 이름이 있었으니 그것은 '빅파이'였습니다.

빅파이라니. 어릴 적 그 작은 입에도 쏙 들어가던 크기의 빅파이. '초코파이'는 폭신한 질감과 마시멜로 덕분에 먹고 나면 '음, 내가 과자를 먹었군' 싶지만, 이건 정신을 차리고 보면 사라지고 없는 크기 덕분에 늘 아련함으로 남던 과자. 예전 같으면 그냥 지나치고 말았을 이름이, 그날따라 눈에 들어왔습니다. 이런 신생아 주먹만 한 과자에 빅파이란 이름을 붙이다니, 이것은 과자를 만든 이의 고도의 블랙유머일까? 이 과자를 처음 보는 21세기의 어린이들은 '빅'이란 이름과 그 '스몰'한 본질과의 간극을 처음 마주하고는 어떤 표정을 지을까? 그러다 뜬금없게도 저는 스마트폰 메모장을 열고 이런 메모를 적게 됩니다.

빅파이란 이름에 기대했다가
그 스몰함에 좌절하는 게 인생일까?

어쩌면 어른이 된다는 건, 기대치를 조금씩 낮추게 되는 것 아닐까? 살면서 수없이 많은 '빅파이'들을 만나고, 그런 이름을 가진 것들이 실은 별것 아닐 확률이 많다는 경험치를 조금씩 쌓아가는 것 아닐까? 내용물보다 포장지가 더 화려했던 사람들. 이름과 이력을 앞세워 쉽게 이득을 취하는 전문가들. 알고 보니 마케팅으로 과대포장이 되었던 콘텐츠들. 입학만 하면, 입사만 하면 모든 문제가 해결될 줄 알았는데, 어렵게 쟁취한 대학과 기업의 이름들이 사실 내게 보장해줄 수 있는 것은 별로 없다는 것을 느낄 때 밀려오는 허무함들. 그래서 결국 우리는 '빅'한 이름을 보고도 마음 한구석에 '스몰'함을 대비하게 되는 것 아닐까?

'기대하지 마. 실망만 커져.'

그렇게 우리는 상처받지 않기 위해, 쉽게 설레지 않는 법을 배우게 됩니다. 미리 두근댔다가 실망했던, 그 당혹스러운 낙차를 다시 경험하기 싫어서겠죠. 그것이 인생이라는 길 위에 놓인 '빅파이'들을 맞이하는 어른들의 자세인가 봅니다. 덜 기대하고, 덜 시도하고, 덜 상처받고. 달콤하기만 하던 어린 시절의 빅파이가, 조금 씁쓸하게 느껴지던 촬영장이었습니다.

그 후의 이야기

촬영을 마치고 돌아와 검색해보니, 빅파이의 영문 이름은 'Big pie'가 아니라 'Vic pie'랍니다. 무려 '승리를 기원하는 파이'라는군요. 게다가 빅파이 324그램 업그레이드 버전도 출시되었네요. 사진으로 보니 사이즈도 제법 큽니다. 아직 초코파이에게 대적할 정도는 아닙니다만.

빅 사이즈 빅파이. 이건 저 같은 사람에게 먼저 선물해야겠습니다. 설레는 법을 잊고, 의심하는 법부터 배워버린 어른에게요.

이 말도 함께 전해야겠어요.

'이봐 어설픈 어른 양반. 일단 한 입 먹어봐. 그리고 가끔은 돌아가보는 게 어때. 빅파이라는 이름을 듣고도 의심하지 않았던 시절로. 미리 움츠러들지 않고, 예단하지 않고, 좋으면 좋다고 미친 듯이 웃고, 실망하면 그저 온 힘을 다해 울고. 몇 시간씩 공들여 쌓은 모래성이지만, 저녁밥을 먹으러 가는 길 망설임 없이 부수는°, 순간순간을 온전히 누리는 아이로.

° 『붓다의 치명적 농담』(한형조 지음, 문학동네, 2011) 251쪽 참조.

이것 봐. 빅 사이즈 빅파이. 이건 꽤 커. 우리 인생엔 진짜 '빅'
파이도 분명히 있어.'

레이업숏 이론

"안심하세요.
세상은 당신에게 별 관심이 없습니다."

 카피라이터 일을 시작하고는 카피만 잘 쓰면 될 줄 알았
는데, 연차가 쌓일수록 카피 쓰기 이외의 것들도 잘해야 한다
는 압박을 받습니다. 그 중 제게 가장 큰 부담이 되었던 것은
'경쟁 프레젠테이션(이하 PT)'이었어요. 광고주가 특정 브랜
드의 광고 캠페인을 위해 복수의 광고대행사에게서 아이디어
를 제안받는 것을 경쟁 PT라고 부르는데요, PT 당일에는 한
시간 정도의 간격을 두고 라이벌 대행사들과 자웅을 겨루게
됩니다.

 경쟁 PT는 굉장히 떨리는 이벤트입니다. 나를 바라보고

있는 수십 개의 눈앞에서, 내가 소속된 회사가 몇 주 동안 준비한 결과물을 실수 없이 설명해야 한다는 압박. 그리고 그 끝에 반드시 승리, 또는 패배가 따라온다는 사실. 떨리지 않는 것이 이상할 정도죠. 예전엔 PT 프레젠터를 하라는 말을 들으면 일주일은 소화가 안 될 정도였어요. 이런 이야기를 들으면, 요즘 제가 PT 하는 모습을 본 팀 후배들은 이렇게 말할 겁니다. "하나도 긴장 안 하시는 것 같던데요?" 네, 요즘은 긴장을 '덜' 합니다. 어떤 깨달음이 있었거든요.

몇 년 전, 경쟁 PT 무대를 서너 번 경험한 후의 일입니다. 프레젠터를 다시 맡게 되었는데, PT 며칠 전부터 굉장히 신경이 쓰이더군요. 'PT 하는 날엔 무슨 옷을 입지. 그래도 회사를 대표하는 건데, 나만 없어 보이면 어쩌지.' PT 당일은 말할 것도 없죠. '어제도 PT 준비한다고 감독님이랑 편집실 식구들은 밤을 새던데. 내가 못하면 우리 회사 매출 수십억 원이 날아가는데. 어쩌자고 얼굴에 뾰루지는 나는 거니. 못생겨 보이면 어떡하지.'

그리고 PT 현장. 저는 떨리는 마음으로 제 차례가 오길 기다리는 중이었습니다. 광고회사의 PT는 대체로 기획 파트의 수장이 먼저 시장을 분석하고 문제 해결에 필요한 전략을 이야기한 뒤, 제작 파트의 크리에이티브 디렉터(Creative

Director, 이하 CD) 또는 연차가 높은 크리에이터가 실행 아이디어를 설명하는 구조입니다. PT가 시작된 지 얼마 된 것 같지도 않은데, 어느덧 기획 파트의 설명이 끝나갑니다. 기획국장님은 여느 때처럼 매끄럽게 설명을 마치고, 제작 파트에 대한 기대감을 한껏 올려놓으시네요. 이제, 제 차례입니다. 심장이 쿵쾅거리는 소리가 남들에게도 들리는 것만 같아 주위를 힐끗 봅니다. '자, 이제 나만 잘하면 되는 거야.'

이윽고 무대에 오릅니다. 그날따라 묘하게 사람들 얼굴이 잘 보이더군요. 그런데, 그 순간 깨닫게 된 사실 하나. 사람들이 제게 별 관심이 없습니다. 제가 자기소개를 할 때 잠깐 제 얼굴을 보더니, 그다음부터는 일제히 제 뒤의 스크린을 뚫어져라 쳐다보기 시작합니다. 그들의 관심은 오직 다음 화면인 거죠. 이번 캠페인의 슬로건은 무엇인가. 모델은 누굴 쓸건가. 어떤 스토리로 광고를 만들 건가.

그런데 생각해보면 그게 당연한 겁니다. 그 사람들은 그걸 보려고 없는 시간을 짜내서 그 자리에 모여 있는 겁니다. 제 얼굴을 보려는 게 아니라요. 그동안의 기억을 더듬어보니, 엄청난 훈남 훈녀가 PT를 해도 프레젠터의 외모에 관심을 두고 쳐다보는 시간은 초반 3~4분 정도였던 것 같습니다. 그날 그 자리에서 그들에게 가장 중요한 건 '화면'인 겁니다. 제 머리 스타일이나, 얼굴에 난 뾰루지는 그들의 관심사에서 수억 광년 떨어져 있는 일인 거죠. 우스운 이야기이지만, 열심히 PT를 하는 와중에 이런 생각이 들었습니다.

'지금 내게 필요한 건, 덩크슛이 아니라 레이업슛이구나.'

즉, '사람들이 나만 바라봐줄 거란 생각은 내 착각이구나. 그들은 내가 아니라 스크린 속 콘텐츠가 궁금하구나. 오늘의 무기는 내 개인기가 아니라, 나와 내 동료들이 3주 동안 최선을 다해 머리를 맞대가며 만든 저 PPT(파워포인트 형태의 프레젠테이션 파일)겠구나. 그러니 내가 이 자리에서 개인기를 부릴 이유가 없구나. 화려한 덩크슛이 필요 없구나. 그냥 안정적으로 레이업슛을 하면 되는 거구나. 림(rim) 위에 농구공을 부드럽게 던져놓고 오는 레이업슛처럼, 멋 부리지 않고 편안하게, 나를 바라보는 사람들의 머릿속에 우리가 준비한 이야기를 얹어놓고 오면 되는 거구나. 어차피 덩크슛이나 레이업슛이나 똑같은 2점인 것을. 그러니 내게 엄청난 말발이 없어도, 큰 흠이 아닐 수 있겠구나' 하는 생각이요.

그동안의 경험들을 되짚어보니, 제 PT가 별로여도 제 등 뒤에 떠 있는 (스크린 속의) 내용이 좋으면 PT에서 이겼습니다. PT 당일 제가 완벽하게 설명을 해도 준비한 파일이 왠지 미덥지 않은 날엔 지는 빈도가 잦았습니다. 그리고 살면서 절실하게 느끼는 깨달음이 하나 더 있습니다.

'사람들은 생각보다 다른 사람에게 관심이 없다.'

내게 가장 관심이 있는 건, '나' 자신입니다. 내가 내게 가진 관심만큼, 남들도 나를 주목할 것 같지만 그렇지 않습니다. 이틀 연속 같은 바지를 입고 출근해도, 금테 안경을 끼다가 뿔테 안경을 껴도, 사람들은 생각보다 당신의 변화를 알아차리지 못합니다. 야심차게 산 코트를 입고 출근했는데, 의외로 알아봐주는 사람이 없어 속상했던 경험, 한 번쯤 없으신가요? 파마가 너무 세게 나와서, '이 머리로 어떻게 밖에 나가지?' 하고 당신은 고민하지만, 정말 가까운 직장 동료 정도가 아니면 사람들은 당신의 헤어스타일에 별 관심이 없습니다. 엄청나게 과감한 문구의 티셔츠가 아니면, 긴 생머리를 칼단발로 자르는 정도의 변신이 아니면, 당신의 변화는 다른 사람의 눈에 잘 띄지 않고, 눈에 띈다고 해도 당신이 생각하는 것처럼 남들이 그것에 크게 마음을 써주지 않습니다. 안심하세요. 세상은 당신에게 별 관심이 없습니다.

그러니 마음을 편히 가져도 좋습니다. 적어도 중요한 발표를 앞두고 있는 당신이라면, 이런 생각이 분명 도움이 될 겁니다. 준비가 전부입니다. 프레젠터는 일부입니다. 그렇게 마음먹으면 떨리는 마음도 확실히 줄어들 겁니다. 멋있어 보이려 하지 말고, 상대의 머릿속이라는 림 위에 아이디어라는 공을 놓고 오는 겁니다. 그뿐입니다. 이것이 저를 구원한 레이업숏 이론입니다. 어떤가요? 살다 보니 이렇게 이론을 창시하는 날도 오네요.

P.S.
자기는 레이업숏보다 덩크숏이 쉽다는 괴물 같은 프레젠터 분들도 분명 있겠죠. 그런 분들은 계속 덩크숏을 하시기 바랍니다. 다만, 제가 참여하는 경쟁 PT 근처에만 오지 않으시면 됩니다. 도와주세요.

인생이란 이름의
슬라이드 쇼

"평범하지만, 시시하지 않습니다.
우리의 하루는. 우리 인생은."

유치원 재롱잔치. 이런 단어가 인생에 끼어드는 순간은 늘 얼떨떨합니다. 아이가 태어나기 전의 삶에서는 도저히 만날 수 없는 단어이니만큼, 낯설고, 어색하고, 묘하게 긴장도 됩니다. 차라리 제겐 경쟁 PT가 훨씬 편안합니다. 적어도 PT는 충분히 연습할 수 있고, 어디에 서서 이야기를 꺼낼지, 언제 사람들의 굳은 표정이 조금 풀리고 언제 내가 물을 마시는 게 좋을지를 예측할 수 있으니까요.

그러니 유치원 재롱잔치는 미지의 영역이고, 모험의 시작입니다. 시야는 좁아지고, 집중력은 높아지고, 아주 작은 자극에도 쉽게 감동하게 됩니다. 우리가 여행지에 도착한 첫 날 그러하듯 말이죠. '세상에! 이 도시엔 웃으면서 상대방과 눈을 마주치는 사람들이 정말 많구나', '이 도시의 신호등 속 사람은 좀 길쭉길쭉하구나', '와, 이렇게 맛있는 맥주를 매일 먹는구나'. 딱 그 마음처럼, 초보 부모들은 어느 자리에 앉아 아이를 응원할지, 카메라는 언제 꺼내야 좋을지를 고민하며 모든 순간 집중하기 시작합니다.

그리고 어떻게 시간이 지났는지 모르게, 재롱잔치가 시작됩니다. '내 아이가 나오려면 얼마나 남았지?'를 계산하느라, 남의 아이의 공연은 건성건성 보게 됩니다. 아이의 공연 순서가 다섯 번째라면, 세 번째 공연부터 마음이 쓰이기 시작합니다. '지금쯤 재이가 무대 뒤에서 나갈 준비를 하고 있겠구나', '그 조그만 녀석이 얼마나 떨릴까', '이렇게 시끄러운데 선생님 말씀은 잘 들릴까?', '조명이 너무 어두워서 넘어지진 않을까?' 설렘보다 걱정의 지분이 점점 더 커질 즈음,

아이가 무대 위로 걸어 나옵니다.

아이는, 아빠인 저도 처음 보는 얼굴을 하고 있습니다. 늘 천하태평이고 표정도 굉장히 풍부한 아이인데, 긴장한 모

습이 역력하네요. 그게 귀여우면서도, 안쓰럽습니다. 앞으로 홀로 서게 될 인생의 수많은 무대들 위에서 너는 어떤 표정을 짓게 될까? 여유롭길 바라는 건 욕심이지만, 너무 긴장하지는 않았으면 좋겠는데. 하지만 상념에 빠져 있을 시간은 길지 않습니다. 본격적인 노래와 춤이 시작되니까요.

아이는 워너원(Wanna One)의 '나야 나'를 부르는 중입니다. '오늘 밤 주인공은 나야 나~라니 흠, 좀 절묘한데?' 싶습니다. 아이는 구석에서 열심히 춤을 추다가, 노래의 클라이맥스에 이르러 갑자기 대열의 가운데에 섭니다. 같은 반 친구들 중에 키가 꽤 큰 편이어서겠지만, 저는 '아빠의 애정필터'를 끼고 보기 때문에 이 모든 사건을 아이의 뛰어난 춤 실력 때문으로 해석합니다. 옆을 보니 아내도 저와 똑같은 표정이군요. 그의 뛰어난 춤 실력과 무대 매너에 깜짝 놀란 듯합니다. "봤어? 재이가 센터야!", "봤어? 재이가 방금 우리 본 것 같지 않아?"

그렇게 4분 남짓, 아이의 무대가 끝이 납니다. 큰 실수를 하지 않았다는 사실에 안도하며, 무대 밖을 걸어 나갈 때 보여준 아이의 뿌듯한 표정에 감동하며, 부모도 한숨을 돌리게 됩니다. 곧이어 다른 아이들의 공연이 시작되고, 그제야 주변이 보이기 시작하네요. 경주마의 눈 옆에 달린 가림막이 치워진 것처럼요. 그제야 알게 된 사실인데, 생각보다 주위에 사람들이 많습니다. 다들 누구누구의 엄마 아빠들이겠죠. 그리고 그들은 지금,

각자가 지을 수 있는 가장 행복한 표정으로, 자기 아이의 이름을 부르고 있습니다.

노래가 끝날 때까지, 저는 무대보다는 객석을 자주 바라봤던 것 같습니다. 그리고, 인생은 어쩌면 순서가 정해진 슬라이드 쇼 같다는 생각을 했습니다. 크게 특별할 것도 없는, 일정한 순서로 배열된 슬라이드 쇼. 주인공만 바뀔 뿐 어떤 '패턴'들은 반복되는구나. 나는 지금 결혼, 육아에 이은 유치원 재롱잔치 단계의 슬라이드를 펼치고 있구나. 지금 내 주위의 부모들도 나와 똑같은 페이지를 펼쳐놓고 있겠구나. 나도 방금 딱 저런 표정으로 내 아이의 이름을 부르고 있었겠구나. 이런 생각을 하니 산다는 게 좀 싱겁게 느껴집니다. 하지만 곧바로 내 아이의 다음 무대가 이어지네요. 최선을 다해 장구를 치는 아이의 달아오른 볼. 아빠는 속수무책으로 '아빠 미소'를 짓는 수밖에요.

얼마 전 대전에 있는 고향 집에 다녀왔습니다. 어머니가

어릴 적 사진들을 찾았다며 오래전 앨범들을 꺼내놓으십니다. 생각해보니 제가 어릴 적엔 집집마다 두꺼운 사진 앨범들이 있었어요. 사진을 찍고, 필름을 맡기고, 설레는 마음으로 동네 사진관 이름이 적힌 종이봉투를 열고, 가족들과 차례대로 한 장씩 인화된 사진을 돌려 보고, 일일이 앨범에 꽂는 일은 분명 번거로운 작업들이었죠. 하지만 예전의 저는 인화된 사진들을 꽤 자주 꺼내봤던 것 같습니다. 사진을 찍는 것이 그 어느 때보다 쉬운 세상에서 우리는, 한 번 찍은 사진을 거의 들여다보지 않는 아이러니 속에 살고 있습니다.

앨범을 펼쳐보다가 한 장의 사진에 눈길이 멈췄습니다. 볼 때마다 어머니가 함박웃음을 지으시던, 유치원생인 제가 얼룩덜룩한 교련복을 입고 '진짜 사나이' 노래를 부르는 장면이 담긴 사진입니다. 수십 번도 더 본 사진이에요. 그런데 신기한 일이 벌어졌습니다. 예전에 봤을 땐, 사진 속의 저만 보였는데 그날은 처음으로 그 사진의 반대편이 보이더군요. 이 사진 밖에서 부모님이 나를 찍고 계셨겠구나. 두 분은 어떤 표정으로 나를 보고 계셨을까. 며칠 전의 나처럼 흥분된 표정이셨을까. 내 동작이 틀릴까 봐 노심초사하셨을까. 가사를 잘 외운다고, 우리가 천재를 낳은 건 아니냐고 오해하셨던 건 아닐까.

우리는 보편의 틀 안에서 개별의 삶을 삽니다. 30여 년 전 어머니가 펼친 유치원 재롱잔치라는 슬라이드를, 저 또한 열어보게 된 겁니다. (물론, 이제 결혼과 육아는 인생의 옵션이라고 생각합니다. 그러니 '보편'이라는 틀도 점점 다양해지겠죠. 하지만 태어나서, 자라고, 사랑하고, 어른이 되고, 사랑하는 사람을 떠나보내는 보편의 슬라이드는 늘 존재하겠죠.) 갑자기 이런 생각이 들더군요.

'평범하지만, 시시하지 않아.'

어머니가, 그리고 제가 열었던 유치원 재롱잔치라는 슬라이드는 '보편'이었죠. 하지만 오래전 사진 속의 저를 보며, 나라는 존재를 누군가 온 힘을 다해 사랑해줬구나 생각하니 근사한 기분이 들었습니다. '나야 나'를 부르며 무대 가운데로 뛰어나오던 아이와, 호들갑을 떨던 아내와 흥분한 제 모습도 남들의 눈에는 흔한 '보편'이지만, 제게는 자꾸 꺼내 보게 될 보석 같은 순간이네요. 아이가 언젠가 어떤 계기로, 아빠가 자기를 얼마나 사랑했었는지를 알게 된다면 그 또한 괜찮은 기분일 거라고 생각합니다. 어쩔 수 없는 보편 속에서도, 사랑스러운 개별. 그러니 최선을 다해서 즐겨보려고 합니다.

지금, 여기,
인생이란 이름의 슬라이드 쇼.

작별의 민낯

**"가장 감동적인 글은 필자가 말하거나 설명하지 않고
당시의 상황을 보여줄 때 나온다."**

_레프 톨스토이

제주는 알수록 보석 같은 장소입니다. 몇 번을 가도 새로운 매력을 만나고 돌아와요. 일상과 '비행'이라는 이벤트로 단절될 수 있는 공간이기 때문에 더 매력적인 곳이라는 생각이 듭니다. 고속버스 여행도, 기차 여행도 각각의 매력이 있지만, 비행은 평소의 내가 존재하던 공간을 일순간 객관적인 시선에서 내려다볼 수 있다는 점에서 특별한 것 같아요. 내가 아등바등 매달리던 일들이 실은 저 작은 점처럼 사소할 수 있음을 직관적으로 느끼게 하는 것, 비행의 매력입니다.

그렇게 좋아하는 제주이지만, 제주 공항은 이제 제게 '서

울역' 같은 느낌입니다. 자주 여행하기도 했고, 한때 제주에 본사가 있는 브랜드를 담당하면서 출장차 들를 일도 잦았던 터라 더 그런 것 같아요. 여행의 감동이 시작되는 공간이기보다는, 이동의 효율성이 더 중요한 공간. 딱히 귀 기울이거나 눈여겨보지 않는 공간이 된 거죠. 그런데 그곳에서, 작년에 오래도록 기억에 남는 장면을 만났습니다.

제주의 여름 바다에 흠뻑 빠져서 아이와 일주일을 신나게 놀고, 어느새 서울로 돌아갈 비행기를 기다리는 중이었습니다. 탑승 신호가 뜨길 기다리며 스마트폰을 들고 시간을 때우던 중에, 우연히 두 자매의 이별 장면이 눈에 들어왔어요. 자매 중 한 명은 제주에 살고 있나 봅니다. 곁에 세워놓은 트렁크가 여러 개인 걸로 봐서 두 자매와 그 가족들은 제주에서 꽤 오랜 시간을 함께 보내고 헤어지는 길인 것 같네요.

언니로 보이는 이는 뭐가 그리 아쉬운지 눈물을 뚝뚝 떨어뜨립니다. 남이 우는 모습을 처음 보는 것도 아닌데, 자꾸만 쳐다보게 되네요. 그녀는 동생을 안아주고는, 동생의 아이들도 차례로 안아줍니다. 언니는 주위에서 자신을 어떻게 볼지에 대해선 별로 관심이 없어 보입니다. 그녀는 지금, 어떤 꾸밈도 없이 자신의 감정을 100퍼센트 드러내고 있군요.

양쪽 집 꼬맹이들은 큰 소리로 내년 여름에 만나자는 다짐을 주고받습니다. 아이들의 이별은 선명합니다. 돌아서는 뒷모습에서 아쉬운 감정은 보이지 않아요. 아이들이야 방학만큼 개학도 기다려지는 법이죠. 하루하루가 이벤트일 테고요. 어른들은 조금 다릅니다. 언니는 서울행 비행기를 향해 돌아서는 동생 가족들의 뒷모습을 오랫동안 바라봅니다. 무슨 사연이 있는 걸까요? 고작 제주와 서울인데. 미국 가는 비행기도 아닌데. 그녀의 표정을 저는 왜 그렇게 오래 쳐다보게 되었을까요? 저도 모르게 스마트폰을 주머니에 집어넣고 한참을 보고 있었어요. 그것이 그날 공항에서 잠깐 만난 '작별의 민낯'입니다.

우리는 사회생활을 하면서 100퍼센트의 자신을 잘 드러내지 않습니다. 늘 어떤 가면을 쓰고 있죠. 예의를 차려야 하고, 멋져 보이고 싶고, 약점은 숨겨야 하니까요. 그러다 보니 감정의 민낯을 드러낼 일도 드뭅니다. 우리는 상대방의 감정의 민낯을 볼 수 없어 오해를 하고, 필요 없는 감정 소모를 합니다. 그래서 그날의 그 장면이 제게 그렇게 감동적이었나 봐요. 아무것도 숨기지 않은, 누군가의 100퍼센트의 마음을 볼 일은 많지 않으니까요.

그러고 보니 제가 〈러브 액츄얼리〉라는 영화의 어떤 장면을 좋아하는 것도 같은 이유였습니다. 제가 그 영화에서 가장 좋아하는 장면은, 그 유명한 스케치북 고백 장면이 아니라 맨 처음과 끝 장면입니다. 장소는 런던의 히드로 공항입니다. 대단한 스토리도 없어요. 공항에서 사랑하는 사람들을 만나고, 헤어지는 모습이 전부입니다. 오랜만에 만난 가족을 껴안고, 연인을 쓰다듬는 이의 표정들. 사랑을 온전히 드러내고, 슬픔엔 무너져 내립니다. 그런데 그저 그 장면들을 보는 것만으로도 마음이 움직여요. 나의 사랑과 나의 이별과 나의 가족들이 떠오릅니다. 어떠한 기교도 설정도 없는데 말이죠.

제주 공항에서 자매들의 이별 장면을 본 후로, 저는 공항이나 기차역의 플랫폼 같은 장소를 지날 때면 사람들이 만나고 헤어지는 장면들을 유심히 지켜보는 중입니다. 얼마 전 서울역에서 기차를 기다리다가도 제주 공항에서와 비슷한 장면을 만났어요. 서울역 2층 대합실. 방금 도착한 KTX에서 내린 아이가 아빠를 향해 달려갑니다. 뒤쪽에서 웃으며 천천히 걸어오는 여자가 아이의 엄마겠군요. 아이가 반갑게 달려가는 속도를 보니 오랜만에 만나는 것이 분명합니다. 달려오는 아이를 향해 팔을 벌리고 앉아 있는 아빠의 얼굴은, 기쁨과 기대로 가득합니다. 아이의 걸음이 점점 빨라질수록, 아빠의 입은 벌어지고 눈동자는 점점 커지네요. 그의 표정을 보고 있자니 왠지 코끝이 찡했습니다. 저도 저 표정을 본 적이 있거든요.

제가 여덟 살 때 아무 예고 없이 아버지의 회사를 찾아간 날, 복도에서 아들을 마주친 아빠의 얼굴에서 번지던 표정. 한 존재를 사랑하는 사람만이 보여줄 수 있는 100퍼센트의 표정. 어린 마음에도 그 순도는 전해지나 봅니다. 그날 제가 왜 아버지의 직장에 찾아갔는지, 어떻게 갔는지는 기억이 나지 않는데, 집이 아닌 다른 공간에서 아빠를 만났다는 신기함과 "어떻게 여길 왔어"라며 웃던 아버지의 목소리와 소리가 웅웅 울리던 서늘한 콘크리트 복도와 제 눈에 비춰지던 풍경들은 아직도 선명합니다.

톨스토이는 소설 『전쟁과 평화』를 쓰고 나서 이런 말을 했다고 합니다.

가장 감동적인 글은 필자가 말하거나 설명하지 않고
당시의 상황을 보여줄 때 나온다.

저는 어딘가에서 이 문장을 읽은 후 오랫동안 눈을 떼지 못했어요. 곱씹어볼수록 맞는 말이더군요. 설명이 길다고 꼭 아름다운 문장, 힘 있는 문장이 되는 것은 아니니까요. 살면서 만나는 감정의 민낯들이 꾸며낸 어떤 표정보다 강력한 것처럼, 문장도 마찬가지였습니다. 본질적으로 좋은 생각이 담긴 글은 수식어가 없는 편이 나았습니다. 자연스럽게 그동안 썼던 카피들을 돌아보게 되더군요.

지금도 저 문장은 포스트잇에 적혀 제 책상 한 켠에 붙어 있습니다. 내가 읽는 이의 감정을 짜내는 글을 쓰고 있지는 않은지, 더 좋은 문장을 쓰기 위해 시간을 들이기 전에, 부사와 형용사 뒤에 숨으려 하고 있진 않은지 돌아보게 되었거든요. 아이디어를 내면서 자꾸 뭔가를 더하고 싶을 때, 가끔씩 톨스토이의 저 문장을 떠올립니다. 멋진 것이 떠올랐다면, 멋지게 보이려고 노력하지 말자. 가장 큰 감동은 설명하지 않고 그 상황을 담백하게 보여줄 때 나온다. 지난 날 제주 공항에서 만났던 작별의 민낯처럼.

동료들의
'평소'

몇 년 전 '데스커(DESKER)'라는 책상 브랜드의 광고를 맡게 되었습니다. 이 책상은 개발 단계부터 스타트업 회사에 다니는 이들을 위해 만들어져서, 책상의 기본적인 기능에 충실하면서도 디자인은 모던하고, 가격은 합리적입니다. 도전하는 이들의 성향에는 맞추되, 주머니 사정도 고려한 거죠.

어쩌면 사람들이 이 브랜드에서 느끼는 매력은, 이 브랜드를 쓰는 사람들의 매력과 닮았을 거라는 생각이 들었어요. 본격적인 카피 쓰기에 앞서, 저희 팀 임주혁, 오하림 카피라이터와 함께 스타트업 회사에 다니는 이들을 설명할 만한 문

장들을 모으기 시작했습니다. 그리고 그 문장들을 벽돌처럼
쌓아봤어요.

당신의 오늘은, 책상에서 시작된다.

당신은 군더더기가 싫다.
당신은 집중할 땐 거슬리는 것이 없어야 한다.
당신은 없어 보이는 건 싫지만,
있어 보이기만 하는 건 더 싫다.

당신은 개인기도, 팀플레이도 놓치고 싶지 않다.
당신은 가끔 움직이며 생각하는 시간을 즐긴다.
당신은 멘탈만큼 중요한 건 건강이라 생각한다.
당신은 서른아홉 살엔 요트 하나 있는 삶을 그려보고
10년 뒤엔, 다른 대륙에서 눈뜨는 삶을 기대한다.

지금 당신의 나이는 전부 다르겠지만
생각의 나이는 똑같이 젊다.

당신은 지금 나아갈 준비를 마쳤고

그런 당신을 위한 책상이 있다.

당신으로부터의 DESK
DESKER

    한 줄, 한 줄은 결국은 세 명의 카피라이터의 머릿속에 새겨진, 스타트업에 다니는 직장인에 대한 인상일 겁니다. 그 인상은 평소 그들을 면 대 면으로, 또는 책이나 드라마 등의 미디어를 통해 관찰한 결과일 테고요. 앞서도 이야기했던 것처럼, 관찰이 예리하면 수식어가 많을 필요가 없습니다. 넘치는 형용사와 부사는 오히려 문장의 힘을 빼죠.

    광고의 연출은 〈잉여들의 히치하이킹〉이란 영화로 유명한 이호재 감독이 맡아줬어요. 이호재 감독은 저와 오랜 시간 함께 일한 이승화 아트디렉터의 추천으로 알게 됐습니다. 이승화 아트디렉터가 우연히 〈잉여들의 히치하이킹〉 시사회를 보았고, 영화를 보고 나서 이 영화를 만든 감독과 언젠가 함께 일하면 좋겠다는 생각을 했고, 적절한 프로젝트가 생기자 이호재 감독의 이름을 떠올린 거죠. 제 주위의 좋은 아트디렉터들은 이렇게 평소의 자극들을 허투루 흘려보내지 않습니다. 놀이처럼 전시회를 가고, 핀터레스트(Pinterest) 같은 사이트에 틈틈이 들러 좋은 비주얼을 파일로 따로 저장해두고, 어딜 가든 카메라를 챙겨가고, 평소의 활용법도 다양합니다. 동료의 '평소'가 좋은 감독님과의 좋은 작업으로 이어졌네요.

사랑,
완벽하게 개별적인 취향

**"누군가는 아무렇지 않은 것에,
누군가는 사랑에 빠진다."**

오늘은 크리스마스이브. 이곳은 상암 CGV. 영화를 한 편 예매했습니다. 〈뽀로로 극장판 공룡섬 대모험〉. 아이를 키우다 보면 엄마 아빠의 취향은 사치입니다. 하지만 이 영화를 굳이 온 가족이 볼 필요는 없겠죠. 부모 한 명의 희생이 필요합니다. 치열한 논쟁 끝에, 엄마가 영화 당번으로 선정됩니다. 지난번 〈트롤〉과 〈도리를 찾아서〉 당번은 아빠였거든요.

체념한 엄마는 팝콘을 들고 아이와 함께 인파 속으로 사라집니다. 혼자만의 시간에 흥분한 저는 극장 입구가 보이는 커피숍에 자리를 잡습니다. 책도 한 권 챙겨왔겠다, 커피도 한 잔 시켰겠다. 오랜만에 찾아온 호사에 가슴이 벅찹니다. 책을 펼쳐놓고 밖을 보는데, 크리스마스이브라 그런지 사람 구경하는 재미도 쏠쏠하네요. 연인들. 그 옆에 또 다른 연인들. 그 옆에 크리스마스이브에 〈뽀로로〉를 보러 온, 꼭 저 같은 부모들. 매표소 앞 광장에선 신기한 이벤트가 벌어지고 있네요. 실내 공간에 자동차 두 대가 들어와 있습니다. 기아자동차의 경차, 레이의 체험 이벤트를 하는 중이군요. 남녀 도우미들이 양 옆으로 서 있고, 사람들이 직접 타볼 수도 있게 되어 있습니다.

이때 한 여자가 왼편에서 등장합니다. 팔짱을 끼고 차를 바라봅니다. 차 주위를 한 바퀴 돌면서 이리저리 뜯어봅니다. 다른 사람들은 다 가던 길을 가는데, 자기만 차 근처에서 빙글빙글 도는 모습이 민망한지 곧 자리를 뜹니다. 그녀의 움직임이 눈에 들어와 저는 그녀를 봅니다. 그녀가 시야에서 멀어지길래 이제 영화를 보러 가나 싶었는데, 다시 보니 저 멀리서 고개를 돌려 레이를 보는 중입니다. 아마 사람들이 자신을 의식하지 않는 장소에서 원하는 만큼 차를 바라보고 싶었나 봅니다. 그녀는 차가 전시된 곳 근처로 다시 다가와 마음에도 없는 영화 리플릿을 만지작거립니다. 손에는 리플릿을 들었지만 시선은 여전히 차에 두었습니다. 이건 해석이 필요 없는 상황입니다. 그녀는 지금 저 차와 사랑에 빠진 겁니다.

그런데 그 사실이 제게는 좀 놀라웠습니다. 당시의 제 눈에 들어오던 차는 좀 큰 사이즈의 SUV였어요. 아이가 자라는 시기라서 싣고 다닐 짐이 많고, 또 야외에 나갈 일도 많아 SUV로 차를 바꾸는 것을 고민하던 중이었습니다. 그러니 거리를 걸어갈 때면 SUV만 보였고, 점찍어둔 브랜드의 모델이 지나가면 그 차가 교차로에서 사라질 때까지 바라봤죠. 당시의 제게는 레이처럼 작고 아기자기해 보이는 경차는 눈에 들어오지 않았던 겁니다.

누군가는 아무렇지 않은 것에, 누군가는 사랑에 빠집니다. 그녀가 사랑에 빠진 저 자동차처럼요. 사랑은, 완벽히 개별적인 취향입니다. 이걸 거꾸로 생각해보면, 멋지고 대단한 것들에만 매력이 있는 것이 아닙니다. 무엇에든 심장을 내려앉히는 매력이 있을 수 있습니다. 발견하는 눈이 없을 뿐이죠.

제게도 그런 대상이 있으니, 그것은 '연필'입니다. 제가 하도 연필을 좋아하다 보니, 몇몇 후배들은 여행을 다녀올 때 그 나라 연필을 한 자루씩 사오기도 합니다. 금색 대만 연필, 자석이 안에 들어 있어 사무실 파티션에 척 붙는 프랑스 연필, 몸통 전체가 흑연인 연필. 제 책상 위엔 연필이 한 가득 들어 있는 통이 두 개 있습니다. 그 중 작은 통은 제가 해외여행을 가면 호텔에 비치된 연필을 하나씩 기념으로 가져와 모아 둔 겁니다. (호텔리어 분이 쓴 글을 읽은 적이 있는데, 호텔에 비치된 연필과 볼펜은 원하면 가져가도 된다고 합니다.) 보라카이에서 온 녀석, 일본 출장길에 데려온 녀석. 카피가 잘 안 나올 때는 가끔 작은 통 속의 연필을 꺼냅니다. 낯선 땅에서 온 연필이, 써본 적 없는 낯선 카피를 써 내려가주길 바라면서요.

누군가는 이렇게 말합니다. 몇 번 쓰고 나면 다시 깎아야 하는 원시적인 필기구를 왜 굳이 쓰냐고. 저는 대답합니다. 깎기 번거로워서, 호흡을 고를 수 있다고. 예전에 중요한 카피를 쓸 때면 칼로 연필을 직접 깎았습니다. 지금은 게을러져서 그 정도의 정성을 기울이지는 못하지만, 대신 연필깎이를 돌리면서 생각을 정리하곤 합니다. 100미터를 뛰기 전에, 심호흡을 하는 느낌으로요.

연필에서 나는 나무와 흑연 냄새는 어떻고요. 만년필이나 볼펜엔 생물의 흔적이 없습니다. 하지만 연필을 단순화하면 결국 나무가, 수억 년 전에 나무였던 흑연을 품고 있는 구조입니다. 깎으면 향긋한 냄새가 나고요. 무생물이면서, 언뜻 생물과도 같습니다. 이런 제 연필 사랑도, 다른 이에겐 이해할 수 없는 취향이겠죠. 레이를 바라보는 그녀의 시선을, 제가 쉽게 이해하지 못했던 것처럼요. 어쩌면 레이에게도, 연필과 같은 매력이 있을 겁니다. 발견하는 눈이 제게 없을 뿐이죠.

누군가는 아무렇지 않은 것에, 누군가는 사랑에 빠집니다. 그러니 함부로 판단해서는 안 되겠습니다. '미식가란, 맛있는 음식만 먹는 사람이 아니라, 모든 음식을 즐길 줄 아는 사람이다'라는 문장을 본 적이 있습니다. 그러고 보면 세상엔 얼마나 많은 숨겨진 맛들이 우리의 발견을 기다리고 있을까요? 반대로, 우리는 얼마나 많은 세상의 맛들을 취향이 아니라는 이유로 지나치고 있을까요? 다음 기회에 국내 여행을 떠날 일이 있으면, 레이를 한번 렌트해봐야겠습니다.

튜브에서 바람을 뺄 때의
쓸쓸함

**"벚꽃이 아름다운 건,
그것이 금방 지기 때문이다."**

여행의 어느 순간, 가장 두근거리시나요? 비행기표를 살 때? 숙소를 정할 때? 저는 여행하러 간 나라의 입국 수속을 모두 마치고 공항 밖을 나설 때 가장 두근거립니다. 집을 나서면서 했던 온갖 '혹시'들—혹시 빼먹고 가는 건 없을까. 혹시 예약이 잘못된 건 아닐까. 혹시 비행기에 이상은 없을까—은 모두 사라지고, 그제야 소파에 기대어 그 도시라는 책의 첫 페이지를 펼치는 기분이니까요. 아직 아무것도 시작되지 않아서, 무엇이든 시작될 것만 같은 그 순간.

그럼 당신은 여행의 어느 순간, 가장 우울하신가요? 제게 똑같은 질문을 한다면, 늘 떠오르는 장면이 있습니다.

'튜브에서 바람을 뺄 때'

아이를 키우는 부모에게 여행과 물놀이는 뗄 수 없는 경우가 많습니다. 그러니 튜브는 제게 여행의 필수품이죠. 튜브에서 바람을 뺀다는 건, 이제는 짐을 싸야 한다는 뜻입니다. 다시 내일과 모레가 다를 바 없는 일상으로 돌아가, 언제 찾아올지 모르는 다음 여행을 기다려야 한다는 뜻입니다. 여행의 마지막 밤, 아이를 재우고, 튜브에서 바람을 빼면서 늘 생각합니다. '이렇게 또 끝나가는구나. 그렇게 기다리던 여행이.'

하지만 요즘은 이런 생각이 듭니다. 튜브에서 바람을 빼는 바로 그 순간 때문에, 나는 여행을 사랑하는 거라고. 여행엔 늘 '끝'이 있습니다. 돌아가는 날이 있습니다. 나에게 여행지가 사랑스러운 이유는, 길어야 일주일의 시간밖에 주어지지 않아서인지도 모릅니다. 다시 못 올 곳이니까 온 힘을 다해서 돌아다니고, 맛있는 음식을 찾아 기꺼이 차를 타고, 버스 창밖의 표지판을 관찰합니다. 다시 못 만날 사람이니까 평소엔 안 하던 농담을 걸고, 셔츠가 멋있다고 칭찬을 건넵니다. 튜브에 바람을 늘 채워놓고 사는 이 도시가 나의 집이라면, 오늘 하늘을 보라색으로 물들이고 사라지는 이 거짓말 같은 노을도 그렇게 특별하지 않을 겁니다. 노을이 사라질 때까지 아쉬운 마음으로 카메라 셔터 버튼을 누르지도 않을 겁니다. 내일 또 보면 되는걸요. 제가 사는 도시 서울에 와서 사진을 찍고 돌아가는 관광객들을 저는 도무지 이해할 수 없는 것처럼.

스티브 잡스는 이렇게 말했다죠. '삶이 만들어낸 최고의 발명품은 죽음이다'라고. 우리는 모두 영원히 살 수 있는 것처럼 오늘을 삽니다. 하지만 우리에게 딱 일주일의 시간만 남아 있다면, 우린 무엇을 할까요? 저라면 가장 중요한 사람을 향해 달려가겠습니다. 사랑하는 사람의 얼굴을, 눈에 손이라도 달린 것처럼 더듬어보겠습니다. 함께 둘러앉아 제가 가장 좋아하는 음식을 한 입 한 입 감탄하면서 먹겠습니다. 그러고는 미루었던 말들을 꺼내놓겠습니다. 그때 고마웠다고. 참 좋았다고. 무슨 말이든 부끄러워하지 않고 얘기할 수 있겠죠. 제게 남은 날이 딱 일주일이라면.

그러니 '없음'이 있어야 우리는 비로소 '있음'의 아름다움을 알게 되나 봅니다. 언젠가는 튜브에서 바람을 빼야 하는 여행지가, 늘 내게 잊지 못할 기억을 남겨주는 것처럼. 이런 생각이 듭니다. 벚꽃이 사랑받는 이유는, 그것이 일주일밖에 피어 있지 않기 때문이라고요. 비현실적으로 아름답지만, 곧 사라질 꽃이죠. 그래서 다들 벚꽃이 피는 무렵이면 주말의 때 이른 비 소식에 한숨을 쉬고, 꽃잎이 떨어지기 전 사랑하는 사람들을 만나고, 밤길을 마다하지 않고 걸으며 사진을 찍습니다. 영원히 피어 있는 꽃이라면, 저 아름다운 꽃인들 그리 각별할까요?

어릴 적, 가수 신해철을 정말 좋아했어요. 제가 중학생 때, 서울로 대학을 가고 싶었던 가장 큰 이유는 신해철의 콘서트를 마음껏 볼 수 있지 않을까 하는 기대 때문이었습니다. 제가 살던 대전도 큰 도시이지만, 1년에 한 번 그를 보기가 쉽지 않았거든요. 매달 〈포토뮤직〉 같은 음악 잡지를 사 모으며 그가 나온 인터뷰를 오리고, 그가 낸 모든 음반을 사 모으고, 심지어 대영기획(그의 소속사 이름이 지금도 기억나다니!)에서 발매한 캐럴 앨범까지 사서 들었어요.

하지만 나이를 먹으면서, 그의 음악을 더 이상 듣지 않게 됩니다. 어쩌다 라디오에서 그의 노래가 나오면 길 가다 만난 옛 친구처럼 반가웠지만, 일부러 찾아서 듣는 일은 없었어요. 언젠가부터 제 주위엔 엄청나게 많은 선택지들이 생기

기 시작했거든요. 스매싱 펌킨스(Smashing Pumpkins), 너바나
(Nirvana), 그린 데이(Green Day)처럼 좀 더 새로운 밴드. 우연
히 듣고 매력에 빠진 재즈 같은 장르. 당시의 제겐 새로운 음
악들이 그렇게 매력적이더라고요. 언젠가부터 바뀌기 시작한
그의 발성도 영 신경이 쓰였고요. 어디 가서 신해철을 좋아한
다고 하면 나타나던 상대방의 표정─아, 아마도 당신은 이러
이러한 사람이군요, 같은 반응─도 싫었고요.

　그러다 몇 년 전 그는 어이없는 사고로 돌연 세상을 떠나
게 됩니다. 그 소식을 들은 밤, 페이스북에 추모 글을 올리고
냉장고에 남은 맥주를 모두 꺼내 마시며 몇 시간이고 그의 음
악을 들었습니다. 그런데 다시 들은 그의 노래들이 그렇게 좋
은 거예요. 다시 간절해지는 겁니다. 내가 왜 그동안 이 노래
들을 듣지 않았지? '민물장어의 꿈', '매미의 꿈'처럼 덜 알려
진 노래부터, '우리 앞에 생이 끝나갈 때' 같은 무한궤도 시절
의 노래까지. 그가 지금의 나보다 어렸던 시절에 불렀던 노래
속의 목소리는 정말 앳되더군요. 순간, 잡지를 오려 신발 상
자 안에 모으던 시절의 제 모습이 떠오릅니다. '나에게 쓰는
편지' 같은 노래를 들으니, 그 노래를 여럿이 따라 부르던 여
름밤의 엠티가 생각납니다. 그러고 보니, 그는 가수가 아니라
저에게 '한 시절'이었네요. 취했고, 울었고, 겨우 잠이 들었다

깨어난 아침. 여기저기에서 오랜 친구들의 메시지가 도착해 있었습니다. '소식 듣고 네 생각이 나더라. 너 참 해철이 형 좋아했잖아.'

우린 왜 없어야만 '있음'을 그리워하게 될까요? 요즘은 가끔 '없음'의 힘에 대해 생각합니다. 몇 년 전 제가 가장 좋아하는 만화가 중 한 명이자 『슬램덩크』의 작가인 이노우에 타케히코가 건축가 가우디에 대해 쓴 『페피타』라는 책에서 아주 인상적인 부분을 읽었습니다. 가우디는 어렸을 적 소아마비를 앓았다고 합니다. 다리가 불편하니 친구들이 뛰어놀 때 쪼그리고 앉아 주변의 식물이나 곤충들을 관찰하는 수밖에 없었고, 그의 건축에서 자연을 모티프로 한 형태들이 자주 발견되는 이유도 그 때문이라는 해석이었어요. 세상 어디에도 없는 가우디만의 곡선. 그 시작은 '결핍'이었던 거죠.

나에게 없는 것이, 내게 부족한 것이, 어쩌면 내게 힘이 될 수 있다는 생각을 합니다. 그것이 간절함이 되고, 앞으로 나아갈 동력이 될 수 있는 겁니다. 그리고 때론, 결핍이 명백한 존재가 더 사랑스럽다는 생각도 합니다.

내일 떨어질 벚꽃들의 축제처럼.

튜브에서 바람을 빼는 여행의 마지막 밤, 유달리 아름다
워 보이는 이국의 별밤처럼.

요리의 시작은
재료

"넌 십년감수할 수 없어.
넌 아직 열 살이 아니니까."
_마포의 한 블록방에서, 아이들의 대화

아이가 생기니, 전에는 절대 가지 않던 장소에 가게 됩니다. 예를 들면 '블록방' 같은 곳 말이죠. 이 책을 읽으시는 분들 중에는 대체 블록방이 뭐하는 곳인지 감이 안 오는 분들도 계실 겁니다. 일일이 돈을 주고 사기에는 비싼 블록들—예를 들면 레고—을 모아놓고 아이들이 정해진 시간 동안 마음껏 조립할 수 있게 만들어놓은 공간이 블록방입니다. 아이를 데리고 들어가면 두 시간 정도는 순식간에 지나가죠. '아빠 내 공'이 쌓이다 보니 이제는 주말에 블록방에 가서 레고를 조립하는 아이 옆에 앉아 노트북을 켜놓고 책을 쓰거나 카피를 쓰는 일도 가능해졌습니다.

　토요일 오후의 블록방. 아들 재이는 요즘 한참 빠져 있는 로봇 만들기에 열중입니다. 이럴 땐 딱히 제가 할 일이 없습니다. 어려워하는 부분이 생기면 같이 만들어주고, 로봇이 완성되면 인증샷을 찍어주면서, 아이가 집중하는 시간 틈틈이 제 일을 하고 있었어요. 우리 테이블 건너편에는 초등학생으로 보이는 아이 둘이 앉아 있었습니다. 우연히 둘이 나누는 대화가 들리기 시작합니다. 동생으로 보이는 친구가 뭔가 실수를 했나 봅니다.

　"와… 십년감수했네."

　십년감수? 요즘 애들도 이런 표현을 쓰네, 싶었는데, 옆에 앉아 있던 형으로 보이는 친구가 의기양양하게 받아칩니다.

　"야, 넌 십년감수할 수 없어. 넌 아직 열 살이 아니니까."

　아마 열 살은 넘었을 형은 '넌 아직 인생을 몰라' 하는 눈빛으로 동생을 내려다봅니다. 사실, 그 나이 대에는 한두 살도 엄청난 차이죠. 인생의 10분의 1, 5분의 1을 더 산 사람인

'누군가의 사랑이 끝나면, 세 여자의 여행이 시작된다.'

걸요. 사실 이런 대화는 머리로는 도저히 상상할 수 없는 종류의 것입니다. 글 쓰는 사람 입장에서는 이렇게 좋은 재료가 없죠. 요리로 치면 펄펄 뛰는 살아 있는 재료를 그대로 건져 올린 상태거든요. 건져 올린 재료는 가공된 재료보다 훨씬 신선해서, 살짝 손만 대도 훌륭한 요리가 됩니다. 제가 만약 시트콤을 쓰는 방송작가라면, 이날의 대화를 반드시 어딘가에 써먹고 싶을 겁니다. 머리로 짜낸 대사보다 훨씬 생생하고, 매력적이니까요.

이건 비단 글쓰기에만 해당되는 일이 아닙니다. 생각하는 일도 요리와 다를 바 없습니다. 재료가 반입니다. 아니, 사실 재료가 압도적으로 좋으면 큰 기술이나 기교가 필요 없습니다. 광고를 볼 타깃의 인사이트를 절묘하게 포착할 수 있다면, 대단한 포장이나 카피가 필요 없다고 생각합니다. 그야말로 별도의 양념이 필요 없는 '건져 올린' 재료니까요. 일본의 카피라이터들이 일상의 이런 절묘한 순간들을 카피에 잘 담아내는 편입니다. 광고 한 편을 보실까요?

'누군가의 사랑이 끝나면, 세 여자의 여행이 시작된다.'
_일본 미쓰비시 자동차 광고

20대의 어느 날, 사랑하는 사람이 생기면 절친한 친구들과도 어쩔 수 없이 소원해지게 됩니다. 머릿속엔 온통 한 사람 생각뿐인걸요. 그러다 그 사랑이 깨지면, 누가 제일 먼저 생각날까요? 광고의 비주얼은 렌트한 자동차를 세워놓고 바다를 바라보는 세 여자의 모습입니다. 인생의 이런 장면들은 국적을 초월하여 펼쳐지나 봅니다. 광고는 절묘하게 렌터카의 속성을 포함시키고 있지만, 그보다 더 중요한 건 누구나 고개를 끄덕이게 되는 인사이트를 포착한 것입니다.

한국의 카피라이터들이라고 질 순 없죠. 오래전, 이런 카피를 읽고 좋아서 노트에 적어두었습니다.

아이는 하루 종일 천장을 보게 됩니다.
이 집의 전구로는 뭐가 좋을까요?
_오스람 전구

태어난 지 얼마 안 된 아이는 하루 종일 천장만 보고 누워 있습니다. 그렇게 생각하니 별것 아닌 것 같던 전구도 함부로 쓰면 안 되겠네요. 특히 갓 태어난 아기를 키우는 집이라면요. 이 카피는 아이를 키워본 카피라이터의 솜씨가 아닐까 합니다. 상상으로는 포착할 수 없는 장면이거든요. 앞에서 예로

든 일본의 렌터카 광고 카피도, 한국의 전구 광고 카피도, 딱히 뛰어난 테크닉은 쓰지 않았지만 강렬하게 기억에 남습니다. 그건 앞서 말씀 드린 대로 삶에서 '건져 올린' 카피이기 때문이라고 생각해요.

그래서 재료가 가장 신선할 때 붙잡아두는 것이 중요합니다. 섬광처럼 사라지는 생각의 단초들. 대부분 그대로 두면 사라집니다. 그래서 평소의 관찰과 채집이 중요한 거죠. 안테나를 세워두고 관찰하다가, 신선한 재료다 싶은 것이 나타나면 붙잡아둬야 합니다. 기록하고, 찍어두고, 이도 저도 안 되는 상황이면 녹음이라도 해야 합니다. 괜찮은 생각일까? 판단은 나중에 해도 됩니다. 시시하면 지워버리면 되죠. 하지만 애초에 붙잡지 못한 생각은 결코 돌아오지 않습니다.

너무 인상 깊었던 장면이라 스마트폰 메모장에 적어둘 수밖에 없었던 에피소드를 하나 더 소개할게요. 몇 년 전, 출근길이었습니다. 지하철 3호선 약수역에서 열차를 기다리는데, 제 앞에 60대 초반으로 보이는 아주머니가 전화 통화를 하고 계셨습니다. 플랫폼에 사람이 많지 않아, 본의 아니게 통화 내용이 잘 들리더군요. 아주머니는 전화기 너머의 상대에게 이런 이야기를 하고 계셨어요.

"엄마, 아프지 마세요. 엄마 없으면 나도 고아잖아."

순간 귀를 의심하며 아주머니의 옆모습을 다시 한 번 쳐다봤어요. 네. 나이 지긋하신 아주머니가 틀림없었습니다. 할머니로 불리기엔 조금 젊어 보이시는 정도였죠. 하지만 10대건 60대건 부모님을 모두 잃게 되면 고아겠죠. 그 말을 입 밖에 내지 않을 뿐. 이런 표현을 제가 상상하고 글로 옮겨 적는다면, 스스로 끊임없이 의심했을 겁니다. '너무 꾸며진 대사 아냐?' '오글거리지 않아?' '노인이 무슨 고아란 표현을 써?' 그러나 그녀는 정말 그렇게 말했던걸요. 나이 드신 할아버지 할머니도 결국은 누군가의 아이였겠구나, 싶어 두고두고 저 장면을 곱씹어보다가, 이렇게 제 책에도 싣게 되었습니다.

좋은 재료는, 좋은 요리가 될 확률이 높습니다. 그러니 매일 요리를 내야 하는 셰프라면, 좋은 재료가 가득 찬 창고만큼 든든한 게 없겠죠. 생각이 직업인 누군가도 똑같을 겁니다. 수십 가지 발상법보다, '건져 올린' 생각의 재료들을 담아둔 창고가 더 위력적입니다. 그러니 별수 없죠. 평소에 창고를 꾸준히 채워두는 수밖에요. 예리하게 발견하고, 우직하게 모아두는 수밖에요. 제가 만나본 닮고 싶은 선배들, 멋진 후배들에게서 발견되는 공통점이 있다면 바로 이것입니다. 새

롭고 흥미로운 것을 발견했을 때의 빛나는 눈빛. 그리고 그것
에 대한—적든, 찍든, 곧바로 SNS에 올리든, 방식을 가리지
않는—가차 없는 포획.

아빠 카피라이터

싫어하는 게 많다.
하지만 정확히 뭐가 싫은지를 알 수 없다.

의자 전문 브랜드 시디즈의 유아용 의자 '아띠'를 위해
제가 쓴 30초 카피는 이렇게 시작됩니다. 저희 팀엔 뛰어난
카피라이터들이 많지만, 아무래도 아이가 주인공인 카피는
아빠가 제일 잘 쓸 수밖에 없을 겁니다. 아이를 가장 많이 들
여다보고, 가장 많이 생각하고, 또 가장 많이 고통받으니까,
아이에 대해서 제일 잘 파악하고 있을 수밖에요. 광고주 측 최
종 의사결정권자도 아이가 셋인지라 저 카피를 처음 듣고는

격하게 고개를 끄덕이시던 기억이 나네요.

아이를 키우다 보니 아이를 소재로 한 카피를 점점 더 많이 쓰게 됩니다. 평소 생각이 아이에게 오래 머무르고 있기 때문이겠죠. 아래의 카피는 제가 모 브랜드의 경쟁 PT를 위해 썼고, 광고주 분들도 굉장히 좋아하셨는데, 피치 못할 사정으로 온에어 되지 못했습니다. (그런 까닭에 기업명은 밝히지 않았습니다.) 미래를 위한 신소재를 만드는 기업의 마음가짐을 아이 아빠의 목소리에 담아 전해봤어요. 이 지면을 빌려 소개해봅니다.

아마도 넌
금방 자랄 것이다.
엄마 아빠보다
친구 이름을 자주 부르게 될 것이다.

좋아하는 가수가 생기고
좋아하는 사람이 생기고
가끔은 마음 아플 것이다.
그러다 보면 어느새 아빠처럼
어른이 돼 있을 것이다.

네가 겪을 여름은 어떨까?

지금보다 더울까?

네가 숨 쉴 공기

네가 만날 바다

미래는 어떤 모습일까?

아빠는 벌써부터 걱정이란다.

아마도 넌

금방 자랄 테니까.

당신의 마음으로

미래를 만듭니다.

○ ○ ○

9시 30분의
워터쉐드

**"영국의 방송은
9시 30분 이전과 이후로 나눠져요."**
_허마이어니, 나의 영국 유학 시절 영어 선생님

카피라이터 초년병 시절, 다니던 회사를 그만두고 영국 유학을 떠났습니다. 같은 회사에 다니던 당시 여자 친구가 먼저 회사를 그만두고 유학을 준비하고 있었고, 저는 그녀와 결혼을 결심하고는 함께 유학을 다녀오겠다고 마음먹게 되었죠.

영국의 석사 과정은 일반적으로 1년입니다. 대신 미국이나 우리나라에서 2년 걸리는 석사 과정을 1년 3개월(3학기)에 끝내다 보니 과정의 밀도는 상당한 편입니다. 개강 또한 우리와는 달리 9월이죠. (미국이나 유럽의 학교들은 학기의 시작이 대부분 9월입니다.) 저와 아내는 3월에 결혼을 했고, 본격적인 학업이 시작되기 전 6개월 정도 '현지 적응 훈련'을 해보기로 결심했습니다. 난생처음 외국 생활을 하자니 두려웠고, 석사 과정을 알아들을 만큼 영어 실력이 될지 영 자신이 없었거든요.

영국 유학 생활 초반, 아내와 함께 런던에 있는 어학원을 다녔습니다. 어학원에는 세계 각지에서 온 다양한 나이와 직업의 사람들이 모여 있었죠. 당시 회사를 2년 다니다 결혼까지 하고 온 저는, 그 안에서도 제법 나이가 있는 축에 속했습니다. 하지만 어학원에서 전 금세 어린아이가 되었습니다. 몸은 어른인데 배우는 내용은 중학생 수준 정도였거든요. 학생들이 구사할 수 있는 어휘가 충분치 않으니 가르치는 프로그램도 거기에 맞출 수밖에요. 예를 들어 '이스터(Easter)'라고 부르는 부활절 기간에는 다 큰 어른들에게 보물찾기를 시키더군요. 색칠한 달걀을 어학원 곳곳에 숨겨놓고 영어로 힌트를 주고 찾게 하는 식이었습니다. 작문 시간에는 '수확의 계절'에 대한 짧은 문장을 쓰게 되었습니다. 다시 어린아이로 돌아가게 된 기분은, 사실 나쁘지 않았습니다. 직장 생활을 2년간 하면서 직장인 포맷으로 굳어가던 뇌가 다시 말랑말랑해지는 느낌이었거든요.

제가 속했던 반은 허마이어니(Hermione ,『해리포터』를 좋아하시는 분들에겐 '헤르미온느'로 읽히겠지만 '허마이어니'라고 발

음합니다) 선생님이 맡으셨어요. 저보다 어렸지만, 선생님은 선생님이신 거죠. 그녀는 어린아이로 돌아간 세계 각국의 '어른 어린이들'에게 그들이 살던 곳과는 전혀 다른 장소의 ABC에 대해 친절하게 가르쳐주었어요. 슈퍼마켓 브랜드마다 어떤 차이가 있는지. 싸게 사려면 어느 슈퍼에 가야 하고, 비싸도 좋은 걸 사려면 어딜 가야 하는지. 장난기 많던 그녀는 슬랭(Slang, 속어)도 시간을 내어 따로 알려주더군요. "담배가 슬랭으로 뭔지 알아? 패그(Fag)야" 같은 식이었죠. 한국에 온 외국인들에게 한국어 선생님이 '아재'나 '꼰대' 같은 단어를 알려주는 격이었겠죠?

어느 날, 그녀가 수업 시간에 굉장히 흥미로운 이야기를 들려주었습니다.

선생님: 여러분, 그거 알아요? 9시 30분을 영국 사람들은 '워터쉐드(Watershed)'라고 불러요.

일동: 워터쉐드요?

선생님: 9시 30분이 지나면 TV에서 나오는 내용이 갑자기 확 바뀐답니다. 영국의 방송은 9시 30분 이전과 이후로 나뉜다고 할 수 있어요.

'워터쉐드'는 우리말로 번역하면 '분수령'입니다. 평소에 '승부의 분수령' 같은 표현으로 많이 쓰이지만, 저도 그 뜻을 곰곰이 생각해본 적은 없었네요. 분수령은 말 그대로 물이 나뉘지는 령(嶺, 산줄기)을 의미합니다. 그전까지 분수령에 대해 들은 가장 재미있는 표현은 이것입니다. 빗방울이 미국의 로키산맥 위로 떨어집니다. 분수령에서 1센티미터만 오른쪽으로 비껴서 떨어진 물은 결국 대서양으로 흘러가게 됩니다. 그 빗방울이 만일 1센티미터만 왼쪽으로 떨어지면 마지막엔 태평양의 물이 됩니다. 그렇게 보면 1센티미터의 차이가 어마어마한 결과로 이어지는 거죠. 엄청난 차이를 가르는 갈림길, 그것이 분수령입니다.

허마이어니 선생님의 이야기에 따르면 영국의 방송은 9시 30분을 경계로 내용이 완전히 달라진다는 건데, 저는 그 말의 의미를 2년간 런던에서 살면서 차고 넘치게 이해하게 되었습니다. 밤이 되자 영국의 TV들은 한국에서 이십 몇 년을 살아온 이의 기준으로는 도저히 이해할 수 없는 이야기들을 쏟아내기 시작하더군요. 그것도 케이블 채널이 아닌 공중파에서요. 어느 날, TV에서 출산을 주제로 한 특집 다큐멘터리가 나오길래 보고 있었는데, 잠시 후 제 눈을 의심하게 되었습니다. 당연히 있어야 한다고 생각했던 모자이크 처리가 전혀 없었거든요. 엄마의 몸속에서 아이가 나오고, 탯줄을 자르는 모든 장면이 그대로 방송에 나왔습니다. 그것도 산부인과 의사의 시점에서요. 어느 날은 성전환 수술이 주제였습니다. 그런데 놀랍게도 수술 장면을 그대로 보여주었어요. 남자가 여자가 되는 과정을 말이죠. 저에게 그동안 금기였던 것이 이곳에서는 아무렇지 않은 일이었어요.

우리나라의 KBS 격인 영국의 공영방송 BBC에서는 매년 여름 '프롬스(Proms)'라는 행사를 열고, 중계합니다. 프롬스는 8주간 펼쳐지는 국가적 스케일의 클래식 콘서트 행사예요. 한 해는 하이든과 헨델, 멘델스존. 다음 해엔 쇼팽과 말러, 슈만. 이런 식으로 매년 테마를 잡고 영국 최고의 오케스트라들이 콘서트를 열고, 대중들도 굉장히 저렴한 가격으로 그 티켓을 살 수 있습니다. 7월부터 9월까지의 여름밤, TV를 틀면 이 공연들이 끊임없이 중계되었어요.

그런데 이 시기, BBC에서 한 칸만 채널을 돌리면 '유로트래쉬(Eurotrash)'라는 프로그램이 나오더군요. 제목이 왜 '유로트래쉬'인가 했는데, 방송을 보고 있노라면 '이건 정말 쓰레기(trash)인데?'라는 생각이 자연스럽게 듭니다. 몰래카메라 형식으로 구성한 한 코너에서는 남녀의 성기도 아무렇지 않게 나옵니다. 유럽 각국의 최악의 밴드와 노래를 선정해 굳이 시간을 내서 소개하고, 조롱합니다. 제가 직접 보지는 못했지만 '누드 청소 서비스 특집' 같은 방송도 있었다고 하네요. 이 모든 것들이 MBC나 KBS 같은 공중파를 통해 나오는 겁니다. 최고의 클래식 향연을 보다가 리모컨 버튼 하나를 누르면, 유로트래쉬 같은 방송을 만나는 충격. 그리고 그것을 아무렇지 않게 여기는 영국 사람들.

그것은 당시의 제 뇌를 꽤 세게 흔들어놓았습니다. 세상에는 애초에 안 되는 것, 못하는 것이 정해져 있는 게 아니구나. 그저 내 뇌 안에 '금기'라는 섹션을 만들어놓고 특정한 생각들을 그 안에 집어넣었던 것뿐이구나. 굳건했던 내 기준은 그저 내가 속했던 사회의 기준이었을 뿐이구나.

어느새 영국에서 머물렀던 때에서 십수 년이 흘렀습니다. 돌아보면 그곳에서 배운 마케팅 지식들이 지금은 별로 유효한 것 같지 않습니다. 시대가 많이 변했으니까요. 하지만 이것 하나는 확실히 배우고 돌아온 것 같습니다. 어떤 것이든, '그럴 수도 있다'고 생각하는 것. 당연한 것을 당연하다고 생각하지 않는 것. 그렇게 '지식'은 사라졌지만 '태도'는 남았네요. 생각의 힘으로 살아가는 이에게 가장 중요한 건 결국 세상을 만나는 일련의 '태도'들이라고 믿는 제게, 영국에서의 2년은 꽤 괜찮은 시간이었던 셈입니다. 지금, 영국의 TV들은

또 어떤 말도 안 되는 방송으로 지구 반대편의 금기들을 무색
하게 하고 있을까요?

오타가
우리에게 가르쳐주는 것

"사소한 것이
결정적인 것을 말해줍니다."

　제가 20대이던 어느 날. 너무나 존경하는 이에게 메일을 보낼 기회가 생겼습니다. 제가 그와 메일을 주고받을 수 있다는 사실 자체가 매우 흥분될 만큼, 저는 작디작았고 그는 업계의 거인이었습니다. 한 번 한 번 기회가 생길 때마다 아주 신중하게 메일을 보냈습니다. 어떤 날은 보낼 내용을 워드파일에 미리 써보고, 여러 번 고쳐보기도 했습니다. 그러다 가끔 그에게서 답메일이라도 오는 날이면 따로 만들어둔 메일함에 보관해두었습니다. 그리고 내가 유난히 작아 보이는 날 꺼내 보았습니다. 몇 줄의 아주 심플한 답메일이었지만, 그 안에서 기어이 칭찬의 뉘앙스를 발견하고 오랫동안 들여다보았습니다. 손에 쥔 것이 아무것도 없던 그 시절, 그 한 줄 한 줄의 힘에 기대어 앞으로 나아갔습니다. 그러니 그와 주고받는 메일에, 오타 같은 건 있을 수 없었습니다. 오래 생각하고, 쓰고, 고쳐 쓰다 보낸 메일이니까요.

직장인이 되고 나니 하루에도 수없이 많은 메일을 보내게 됩니다. 카피라이터라고 메일에서까지 멋있는 문장을 적어야 하는 건 아니지만, 적어도 오타를 내거나 괴상한 문장을 쓰는 실수는 하지 말아야 한다고 다짐하곤 합니다. 가장 기본적인 실수를 하는 카피라이터에게 누가 일을 맡기고 싶겠어요. 그래서 메일을 보내기 전에는 반드시 다시 한 번 읽어보는 편인데, 요즘처럼 바쁜 날에는 그마저도 할 수 없는 경우가 있습니다. 제겐 좀 신기한 능력이 하나 있는데요, '보내기' 버튼을 누르고, 왠지 느낌이 '싸~' 해서 보낸 메일함을 열어보면, 여지없이 오타가 들어 있습니다. 왜 이 능력은 꼭 메일을 보낸 후에만 작동되는지 모르겠군요. 하지만 어쩌겠어요. 시위를 떠난 화살처럼 메일은 날아갔고, '다들 메일에 오타 한두 개씩은 내고 살잖아'라며 스스로를 위로하는 수밖에요.

그러던 어느 날, 나름대로 격식을 차려야 하는 외부 비즈니스 파트너에게 메일을 보내다가 어이없는 오타를 내버린 겁니다.

(상략)
이야기에 연결성을 줄 수 있는 **건**까요?
제가 같은 이야기를 두 번 **하셔도** 된다고 **하셔서**요.

'사후 오타 감지 능력'이 작동되어 보낸 편지함을 열어 보니, 역시 오타가—그것도 두 줄 안에 두 개나—있는 겁니다. 난감한 일입니다. 저는 후배들이 웬만한 실수를 해도 넘어가는 편이지만, 맞춤법이 틀린 카피를 써 오면 그 자리에서 바로 지적하고 주의를 줍니다. 그게 글로 밥을 벌어먹는 사람의 기본이자, 자기가 하는 일에 대한 자존감의 반영이라고 생각하거든요. 그런 제 생각을 제 행동이 뒤집은 겁니다. 변명의 여지가 없죠. 그저 메일을 받으시는 분이 저 같은 사람이 아니길 바라는 수밖에요.

그러다 갑자기 얼마 전 받은 메일이 생각났습니다. 메일 속에서 상대는 제게 어떤 제안을 하고 있었고, 저를 'CP'라고 부르고 있었습니다. CP는 CD의 오타일 수도 있고, 메일을 보낸 이가 광고회사의 직종에 대한 지식이 부족했던 때문일 수도 있었을 겁니다. 다만 명확한 것 하나는 그분에게 저는 '매우 중요한 사람'이 아니라는 사실이었습니다. 그에게 제가 정말 중요한 사람이었다면, 그리고 그가 자신의 제안을 꼭 성사시키고 싶었다면, 메일을 보내기 전에 자기가 쓴 메일을 한 번 더 읽어보지 않았을까요? 한 번쯤은 인터넷 검색을 해서 광고회사에 어떤 직종이 있는지, CD라는 직종은 무엇인지 알아보지 않았을까요? 그러다 불현듯, 20대 시절 메일 하나를 쓰려고 서너 번을 고쳐 쓰던 제 모습이 떠올랐습니다. 그리고 이런 문장도 함께 떠올랐습니다.

'메일에 적힌 오타는,
 딱 그만큼 당신이 중요하다는 뜻.'

오타는 많은 것을 말해줍니다. 오타는, 메일을 써놓고 두 번 읽지 않았다는 뜻입니다. 한 통의 메일을 쓰기까지 오래 생각하지 않았다는 뜻입니다. 하나의 오타는 실수일 수 있지만, 두 개 이상의 오타는 상대방이 나를 보는 '태도'일 거라고 생각합니다. 사소함이, 결정적인 것을 말해주는 거죠.

작년에 '발뮤다'라는 브랜드의 선풍기를 샀어요. 박스 상단을 열면 바로 이런 문구가 보이도록 만들어져 있더군요.

저희 제품을 구매해주셔서 감사합니다.
지금 바로 꺼내서 GreenFan S의 새로운 바람을 느껴보세요.
BALMUDA GreenFan S 개발팀

'새로운 바람'이라는 표현을 선풍기 박스에서 만날 줄은 몰랐어요. 사실 이 제품은 날개의 설계를 기존의 선풍기와는 완전히 다르게 해서 바람의 질감이 다른 걸로 유명합니다. 실제로도 '새로운 바람'인 거죠. 브랜드 스토리를 모르는 사람에게는 신제품의 바람이니까 새로운 바람으로 읽힐 테고, 아는 사람에게는 자부심으로 읽히는 한 줄입니다. 브랜드의 위트가 느껴져서 유쾌했습니다. 놀라움은, 박스 위에 적힌 위트 넘치는 문장에서 그치지 않았습니다. 선풍기는 겨울에 필요 없으니, 따로 어딘가에 보관하게 되죠. 그럴 때 분해해서 부피를 줄여 박스 안에 담을 수 있도록, 박스 안쪽엔 직관적인 분해도와 부품을 어디에 넣어 보관해야 할지까지 표시되어 있었습니다. 박스만 봐도, 쓰는 사람을 얼마나 배려했는지를 알 수 있더군요.

얼마 전에는 이런 일도 있었습니다. 누군가에게 메일을 보내는데, 시간이 꽤 오래 걸렸습니다. 첫 줄에 '별일 없으시죠'라고 썼다가, 한동안 커서가 깜박이는 그 문장을 지켜보다가, '별일은 없으시죠'라고 바꾸고 있는 저를 발견했습니다. 그 사람은 제게 그 정도로 중요한 사람이었던 겁니다. 조사 하나의 작은 뉘앙스 차이도 신경이 쓰일 만큼요.

살면서 자연스럽게 깨닫게 되는 진리가 몇 개 있는데, 그중 하나가 이겁니다.

'사소한 것이 결정적인 것을 말해준다.'

나를 대하는 상대방의 태도는, 메일에서 발견되는 오타만 봐도 짐작할 수 있습니다. 한 기업의 홈페이지에 올라간 잘못된 약도는, 그 회사가 고객을 대하는 태도를 말해줍니다. 선물의 포장지는 내용물을 더 좋게 바꾸진 못하지만, 적어도 그것을 전하는 사람이 상대를 생각하는 마음을 보여줍니다. 어쩌면 우리는 사소한 것에 더 신경을 써야 할지도 모릅니다. 사소함 속에 진실이 숨어 있으니까요. 우리가 미처 감동할 준비를 하지 못한 순간 찾아오는 조그만 배려가, 때론 가장 깊은 감동으로 남으니까요.

생각은, 생각보다 훨씬 쉽게 휘발됩니다.
그리고 한 번 사라지면 좀처럼 돌아오지 않습니다.

제가 광고 일을 하면서 배운
하나의 진리가 있다면,
'적어둬서 손해 볼 일 없다'입니다.

스마트폰 메모장. 지니고 다니는 노트.
냅킨. 이면지. 에버노트 애플리케이션.
휴대폰의 음성메모 기능.

생각의 씨앗이 떠오르면,
그 순간 손에 잡히는 곳에 붙잡아둡니다.
그렇게 적어두고, 때때로 꺼내어 곱씹어봤더니
이렇게 책에 담을 만한 문장들이 모였습니다.

붙잡아두지 않았다면,
떠오르는 대로 내버려두었다면,
누구의 것도 아닌 채 사라졌을 생각들.
역시, 적어서 손해 보는 일은 없습니다.

PART 2

평소의 메모

빅데이터는
크리에이티브의 적

**"새로운 세계는 항상,
우연의 옷을 입고 찾아온다."**

3년 전 광고를 보신 적 있나요? 미세하지만 확실하게 촌스럽습니다. 광고 일을 오래 하다 보니, 그리고 첫 책을 내고 나니 여러 사람들 앞에서 이야기할 일이 제법 있는데요, 제가 만든 광고를 보여드리면서 제가 중요하게 생각하는 것, 좋아하는 톤의 문장에 대해 말하는 경우가 많습니다. 그러다 보면 피치 못하게 과거의 광고를 열어보게 되는데, 만들 때는 분명 트렌디하고 세련되어 보이던 화면들이 (특히 트렌디와 세련미를 추구했던 광고일수록), 3년의 벽을 만나면 어김없이 촌스러워집니다. 3년, 그 사이에 무슨 일이 벌어지는 걸까요?

제 고민에 스스로 대답하자면 이렇습니다. 시대가 선호하는 말투, 단어, 색감과 폰트의 유효기간은 길어야 3년이구나. 그리고 불행히도 이 유효기간은 점점 짧아지고 있구나. 한때 수많은 브랜드가 비슷한 느낌의 캘리그래피(손글씨)를 광고에 활용한 적이 있었어요. 그때는 분명 멋졌는데, 지금 보면 다들 왜 그렇게 입었지 싶은 패션 아이템—이를테면 스키니진—을 보는 기분입니다. 광고 카피를 읽는 목소리에도 유행이 있어요. 그래서 개성이 너무 강한 성우는 오히려 금방 소모되는 것 같습니다. 싸이의 말춤이나, 드라마 〈태양의 후예〉 속 '그 어려운 걸 제가 해내지 말입니다' 같은 대사들처럼, 폭발적으로 사랑받은 것들은 그만큼 빨리 어색하게 느껴집니다.

냉정하게 말하면, 3년도 굉장히 후하게 친 기간일 겁니다. 참고 봐줄 수 있는 정도의 한계점, 그게 3년이 아닐까 싶어요. 그러니 광고하는 사람은 안테나를 늘 곤두세우지 않으면 금방 흐름에 뒤처질 운명을 껴안고 사는 겁니다. 여기에서 '광고하는 사람'이란 단어는 다른 많은 단어로 대체할 수 있겠죠. 마케터. 편집자. 음악가. 연출가. 크리에이터. 디자이너. 건축가. 생각을 중심에 두고 대중들을 만나는 사람들.

그래서 저는 틈날 때마다 새로 연 식당에 가보고, 사람들이 좋아하는 음악을 들어보고, 인스타그램에 많이 올라오는 영화나 전시는 찾아서 보려고 노력합니다. 뉴스에 어떤 단어가 자주 등장하면 그 뜻이 무엇인지를 이해하려 하고요. 몇 년 전엔 그게 '빅데이터'이더니, 최근엔 온통 '블록체인'이군요. 후자는 아직 열심히 글로 배우는 단계인데, 전자는 이미 제 스마트폰 깊숙이 들어와 있네요. 다들 경험하시고 계실 겁니다. 내 취향을 데이터에 비춰 예측하고 추천하는 인터넷 쇼핑몰들. 내가 좋아하는 책을 이미 읽어본 이들이 주문한 도서들의 긴긴 리스트.

그리고 그 중의 갑은 음악 애플리케이션입니다. 음악 앱은 제가 작년 가을에 무한 반복했던 곡을 올 가을에 알려주고, 그 곡과 유사한 곡들을 함께 보여줍니다. 그러니 좋아할 확률이 높을 수밖에 없습니다. 음악처럼 취향을 타는 영역도 드무니까요. 얼마 전에 제가 추억팔이를 하며 듀스의 노래를 들었던 것도 음악 앱은 알고 있네요. 'Today's PICK' 섹션을 보니 무려 '향수를 자극하는 댄스 명곡'이 올라와 있습니다. 이쯤 되면 살짝 무서워지기 시작하죠.

사실, 애플리케이션이 추천하는 곡들을 듣는다는 건 꽤 효율적인 일입니다. 실패의 확률이 드물거든요. 아직까지 빅데이터가 소름 끼치도록 정교하진 않지만, 큰 실수도 하지 않습니다. 그래서 애플리케이션의 추천 곡들은 대체로 마음에 듭니다. 저라는 인간도 결국 빅데이터가 예측하기 쉬운 평범한 1인에 불과하다는 소리겠죠. 한동안은 음악 앱이 추천하는 노래들을 들으며 제 취향을 저격하는 새로운 노래들을 만나는 재미에 빠졌어요. 제 음악 세계가 효율적으로 넓어지고 있다고 생각했거든요. 그러다 문득, 이런 생각이 든 겁니다. '듣던 노래만 듣고, 그 비슷한 노래를 또 듣는 것이 나 같은 일을 하는 사람에게 정말 좋은 걸까?'

빅데이터의 추천은 늘 예측을 크게 벗어나지 않습니다. 추천은 나의 '기존'을 견고하게 하지만, 영역을 확장시켜주진 못합니다. '깊이'에는 관여하겠지만, '넓이'에는 도움이 되지 못하는 거죠. 평온하던 내 플레이리스트가 확연히 달라지던 순간을 떠올려봅니다. 이른 아침, 아이를 어린이집에 차로 데려다주고 돌아오던 길에 듣던 라디오. 대학에 다닐 때 나와는 비교도 안 되게 다양한 문화를 섭렵하던 친구가 구워준 애니메이션 오리지널 사운드 트랙(이하 OST) CD. 휴일 내무반, 친한 고참이 같이 듣자며 건네준 한쪽 이어폰에서 들리던 랩 메탈. 팀원들과 수다를 떨다가, 들려오는 음악이 너무 좋아 허겁지겁 음악 검색 버튼을 누르던 회사 근처 커피숍.

자동차 잡지의 오디오 튜닝 기사 속에서 그레고리 포터

(Gregory Porter)를 만났고, 감 좋은 아트디렉터 후배가 건네준 USB 안에서 핑크 마티니(Pink Martini)를 만났죠. 빅데이터가 한 일이 아닙니다. 책도 마찬가지예요. 커다란 놀라움은 늘 서점에 있었습니다. 서가 귀퉁이, 우연히 엿들은 대화에 이끌려 집어 들었던 책. 사겠다고 마음먹은 책을 사러 가던 길에 뜬금없이 눈에 들어온 책. 평소 내 동선과 내 선택지에서 벗어난 것들.

나의 취향이 단단하다는 건 멋진 일입니다. 하지만 나의 취향만큼 남의 취향을 이해하고 존중하는 것이 중요한 시대라면, 평소 '취향 시야'를 넓혀두는 것도 필요하다고 생각해요. 아직 내 취향의 한계 지점이 어디까지인지를 충분히 탐험하지 못한 사람이라면, 빅데이터 밖에 자신을 놓아보는 건 어떨까요? 이미 꽤 굳건한 취향을 가진, 세상의 변화에 헉헉대며 따라가는 사람이지만, 주문을 외우듯 스마트폰 메모장에 적어봅니다.

'빅데이터는, 크리에이티브의 적'.

쉽게 말하는 것의
어려움

"뭔가를 복잡하게 말하는 사람은,
그것을 모르고 있을 확률이 많다."

바쁘기로 소문난 광고회사에서 일하다 보니, 자기 시간을 따로 내는 것이 쉽지 않습니다. 일에 치일 때는 가족의 기본적인 대소사도 잘 챙기지 못하고, 가끔은 내가 뭐 하려고 이렇게 바쁘게 일하고 있나, 하는 생각이 들 때도 있어요. 첫 책 『생각의 기쁨』을 출간하고 북토크를 할 기회가 몇 번 있었는데, 자주 받은 질문 중 하나는 이거였습니다. "도대체 어떻게 광고회사를 다니면서 책을 쓰셨나요?"

답은 '시간이 나지 않아, 쪼개서 썼습니다'입니다. 정기적으로 시간을 정해놓고 썼어요. 주말에 두 시간씩 집 밖 커피숍에 나가서 쓰고, 자기 전 한 시간씩 시간을 확보해서 썼어요. 말은 쉽지만 일이 밀려오면 이마저도 쉽지 않았습니다. 쓰다가 바빠지면 잠시 손에서 놓고, 시간이 생기면 서문부터 다시 들여다보는 일을 반복했어요. 그렇게 1년 반 정도의 시간이 걸렸습니다. 쓰는 이에겐 결코 짧지 않은 시간이었죠.

제 손을 떠난 원고가 책의 형태를 띠고 제게 도착하던 날을 기억합니다. 설렜지만, 실은 조바심도 생겼습니다. '이 책은 사람들이 읽을 가치가 있는 책일까?' 알 길이 없었죠. 처음이니까요. 내가 판단할 수 없으니 남의 표정에 의지할 수밖에 없었습니다. 첫 책이 박스에 담겨 회사에 도착하던 날, 팀원들에게 가장 먼저 나눠줬습니다. 며칠 전 출근한 인턴 사원에게도 한 권 선물했죠. '며칠 후에는 책을 어떻게 읽었는지 물어봐야겠구나' 생각하면서요.

오전에 책을 나눠주었는데, 오후 세 시쯤 인턴 사원이 제 자리로 오더군요. "CD님, 다 읽었어요. 좋았어요"라고 하는데, 뒷말은 잘 들리지 않았습니다. '다 읽었다고? 점심시간 빼면 겨우 두세 시간인데, 그새 진짜 다 읽었다고? 나는 책을 쓴다고 1년 반을 고생했는데, 대충 읽은 건 아니고?' 억울한 마음에 "어느 부분이 좋았어?"라고 물으니 몇 가지 대목을 또박또박 대답합니다. 농담 반 진담 반으로 "너 속독 배웠

냐?" 했더니 아니랍니다. 깊이는 둘째 치고, 읽긴 읽은 거네요. 그러자 화살은 저 자신에게로 돌아옵니다. '아, 내가 스낵 같은 책을 썼구나. 읽는 데 단 몇 시간이면 충분한 책을 나는 어쩌자고 1년 반을 매달렸나. 이 책에는 내 생각만큼의 가치가 없구나.'

시간이 흘러, 실망했던 마음도 사그라들었어요. 믿을 수 있는 후배 몇 명에게서 반응을 듣고, 북토크에서 사람들을 만나고, 인터넷에서 책에 대한 리뷰들을 읽으면서, '아, 그래도 좋아해주는 사람이 있네'라는 생각이 들었거든요. 그들 대부분의 반응은, '잘 읽힌다'였습니다. 그리고 가장 기뻤던 반응은, '다 읽고 처음부터 다시 읽기 시작했다'였고요. 내가 내 책장의 어떤 책을 끝까지 읽고 처음부터 다시 읽었던가 생각해보니, 정말 감사할 따름이었죠. 처음의 실망과 그 후의 흥분이 가라앉고 며칠 뒤, 쉽다는 반응을 곱씹어보다가 이런 결론에 닿았습니다.

'내 글이 쉬운 건, 내가 쉽게 읽히는 글을 목표로 오랫동안 훈련을 해왔기 때문이구나.'

광고는 누구도 인내심을 가지고 읽어주지 않습니다. 성가시고 번거로운 존재죠. 사람들이 시간을 내서 천천히 감상해줄 리 없습니다. 당장 저부터도 스마트폰으로 콘텐츠를 열

때는 스킵 버튼 근처에 손가락을 대고 광고를 넘길 수 있기를 기다리는걸요. 어려우면 외면당할 운명에 놓인 글을 써야 하니까, 카피라이터들의 글은 대체로 쉽고, 저 또한 그 훈련의 결과로 쉬운 글을 쓰게 됐나 봅니다.

생각해보니, 살면서 만난 인생의 문장들은 늘 간결했습니다. 하지만 간결한 것을 '쓰는' 것은 쉽지 않았습니다. 뛰어난 리더들과 함께 일을 해보면 늘 지시가 명확했습니다. 내가 다음 회의 시간에 무엇을 해야 할지를 그들은 선명하게 그려주었습니다. 하지만 막상 제가 그 위치에 서자, 쉬운 지시가 가장 어려웠습니다. 상황을 완벽하게 이해해야, 쉽게 지시할 수 있었습니다. 제 머릿속이 복잡하면 나오는 말도 두루뭉술해졌습니다. 얼버무리는 제 모습이 싫으니 어렵고 복잡한 말 뒤에 숨고 싶더군요. 문득 이런 문장이 떠올라 메모장에 적었습니다.

'뭔가를 복잡하게 말하는 사람은, 그것을 모르고 있을 확률이 많다.'

그렇지 않나요? 우리가 뭔가를 꿰고 있을 때, 설명도 명쾌해지지 않나요? 모르니까 모르는 티를 안 내려고 복잡한 수식을 쓰지 않나요? 알맹이가 없다고 느껴질 때, 우리는 포장에 신경 쓰지 않나요? 인생의 아홉 고비 열 마디를 다 넘은 멋진 어른들은, 쉬운 단어를 써서 말하지 않던가요? 현란한 수식어를 쓰는 이들이 빈껍데기인 경우를, 우리는 너무나 자주 만나고 있지 않나요?

그 생각에 닿자 조금 안심이 됩니다. 몇 가지 목표가 생깁니다. 나이를 먹을수록 이런 사람이 되자. 깊게 이해하고 쉽게 설명하자. 이런 글을 쓰자. 오래 생각하게 되는, 그러나 쉽게 읽히는 글을 쓰자. 그리고 인생의 길 위에서 가끔 만나는 쉽고 간결한 물건들과 생각들에 마음껏 박수 쳐주자. 쓰는 이의 쉬움을 위해서는, 반드시 만드는 이의 어려움이 있을 테니까.

질문이
부끄럽지 않은 시대

"누구의 손에도 답은 없다.
그러니 묻는 것이 부끄러울 이유도 없다."

우리는 역사 이래, 모든 것이 가장 빨리 변하는 시대에 살고 있습니다. 스티브 잡스가 아이폰을 선보인 해가 2007년, 그리고 우리나라에 T옴니아라는 폰과 아이폰이 팔리기 시작한 해가 각각 2008년, 2009년이군요. 그러니 우리 중 일부가 스마트폰을 쓰기 시작한 것이, 겨우 10년 전입니다. 본격적으로 스마트폰이 우리들의 인생에 들어온 것은 그보다 몇 년 뒤겠죠. 일본 소프트뱅크의 손정의 회장은 스마트폰을 외뇌(外腦)에 비유했습니다. 인체의 또 다른 기관에 다름 아닌, 이 손바닥만 한 네모가 바꾼 라이프 스타일의 역사가 겨우 10년이라니요.

얼마 전에 우연히, 5년 전의 업무 폴더를 열어본 적이 있습니다. 시대의 변화에 민감하게 반응해야 하는 일을 하고 있어서인지, 5년 전과 지금 하는 일이 꽤 많이 바뀌어 있습니다. 당시에 "카피 좀 써 봐"라는 말은 곧 TV광고 카피를 쓰라는 말이었습니다. 지금은 TV광고가 다른 많은 업무의 일부가 된 지 오래입니다. 요즘은 광고를 실을 매체가 너무 다양해져서, 회사에서 주기적으로 매체를 공부하는 시간을 마련해줄 정도입니다. 무엇보다 몸으로 느끼는 변화는, 프로젝트를 시작하면서 광고기획 파트의 동료들이 나눠주는 브리프(Brief, 앞으로 제작할 광고의 타깃과 전략, 해야 할 일 등을 적은 한두 장 내외의 문서)예요. 올해 받은 수많은 브리프 중, 제목이 'TVC(TV Commercial) 캠페인'으로 되어 있는 경우가, 놀랍게도 단 한 건도 없더군요.

변화를 다 따라가자면 눈이 휙휙 돌아갈 지경입니다. 그런데 광고 쪽만 그런가 하면, 그렇지도 않아요. 다양한 분야에서 일하는 친구들도 실은 비슷한 얘기들을 합니다. 금융, 방송, 잡지, 광고, 거의 모든 영역에서 맨틀이 움직이는 정도의 변화가 일어나고 있습니다. 그리고 그 모든 변화의 기저엔 IT(Information Technology)가 있죠.

현상이 복잡하고 혼란스러울수록, 사람은 단순한 해답을 찾게 됩니다. 이 변화를 헤쳐 나갈 치트 키(만능열쇠) 같은 건 없을까? 위대한 선지자 같은 사람이 나타나서 점을 하나 딱 찍고 저쪽으로 달려가면 된다고 말해주면 좋으련만. 내가 달려가는 것 하나는 참 잘할 수 있는데. 불안한 마음에 책을 찾아보고, 칼럼을 읽고, 전문가라는 사람이 하는 강연도 들어봅니다.

하지만 제가 받은 인상은, 다들 파편적이라는 겁니다. 모바일 디바이스에 강한 회사는 휴대폰 중심의 미래를, 자동차 제조가 핵심 역량인 집단은 커넥티드 카(Connected car)가 중심에 선 미래를 이야기합니다. 가전회사는 가전제품—예를 들면 스크린이 내장된 냉장고—이 모든 네트워킹의 중심에 서길 원하고, 미디어 플랫폼을 가진 회사들은 거실 TV 앞의 스피커가 중심에 선 미래를 그리는 중이죠. 당연히 광고회사는 광고가—지금과는 다른 형태이겠지만—여전한 힘을 발휘하는 세상을 얘기하고, 반대편에선 광고의 종말을 이야기합니다.

주장들의 홍수 속에서, 저는 이런 생각을 합니다. '누구의 손에도 답은 없다. 각자 손에 작은 퍼즐 조각을 하나씩 들고, 자신의 입장에서 최선을 다해 전체 퍼즐의 모양을 추측하

고 있는 중이다.' 네. 모든 것이 불명확한 시대입니다. 하지만 제가 보기에 명확한 것이 하나 있으니,

'꼰대들의 시대는 지나갔다는 것'

일정한 기간을 두고 쌓은 지식에 매달려 오랫동안 먹고사는 시대는 끝났습니다. 환경은 너무나 빨리 변하고, 불과 몇 년 전의 지식도 금방 옛것이 됩니다. 시계를 좀 많이 뒤로 돌려볼까요? 조선시대엔 노인들이 가장 지혜로운 자였을 겁니다. 환경은 천천히 변하니까, 한 사람 안에 누적된 지식들 또한 시간이 흘러도 계속 유효했을 겁니다. 씨 뿌리는 시기. 비가 오는 방식. 잡풀과 해충을 사라지게 하는 방법. 이런 것들을 많이 아는 이에게 힘이 있었을 겁니다. 변화가 적은 시대일수록 쌓아둔 지식의 쓸모가 많은 건 당연하죠. 사실 멀리서 예를 찾을 필요도 없습니다. 유학 가서 배운 지식을 고국에 와서 풀어내는 것만으로도 수십 년 밥그릇이 보장되던 학계의 모습을 우리는 직간접적으로 자주 보지 않았던가요. (지인들을 만나보니, 학계도 이제는 아득한 변화의 낭떠러지 앞에 섰더군요.)

이제는 나에게 옳던 것이 지금도 옳은지를 끊임없이 의심해야 합니다. 10년 전의 우리의 손엔 스마트폰이 없었습니

다. 여행을 가도 지도를 펼쳐야 했고, 폴더폰을 열어 할 수 있는 데이터 검색은 잘해야 야구 스코어 정도였습니다. 그렇다면 앞으로의 10년은요? 드라마틱한 변화의 주기도 5년, 3년으로 점점 더 짧아지지 않을까요? 그러니 앞으로 가장 위험한 말은 '내가 해봐서 아는데'일 겁니다. 경험과 노하우가 더 이상 필요 없다는 말은 아닙니다. 다만 자신의 과거에 매달릴수록 절대적으로 위험하다는 말입니다.

아아, 꼰대들의 시대는 갔습니다. 여기서 꼰대는, 나만 옳고, 내가 다 알고, 그러니 나를 따르면 된다는 사람을 말합니다. 하지만 반대로 저는, '꼰대가 아닌 어른'들에게 기회의 문이 열렸다고 생각해요. 예전에는 윗사람이라면 다 알아야 했습니다. 세월의 힘으로 누적된 지식이 중요했으니까. 늘 아랫사람보다 지적 우위, 상황적 우위에서 판단할 수 있었고, 그게 그들의 권력이었죠. 하지만 이제는, 세대를 불문하고, 모르는 것에 대해 잘 묻는 게 어느 때보다 중요해졌습니다. 다들 모르니까. 완벽하게 전체를 조망하는 사람이 있을 수 없으니까. 혼자 힘으로 따라잡을 수 없을 만큼 시대는 빨리 변하니까.

'묻는 어른'이 필요한 시대입니다. '어른'이 묻고 의지할 수 있다면, '나이 어린 스승'을 기꺼이 곁에 둘 수 있다면, 그 사람은 놀라운 힘을 갖게 될 거라 생각합니다. 어른들은 새로운 지식을 빨아들이는 능력은 부족해도, 이를 종합하고 판단하는 능력은 우위에 있죠. 지식 말고 지혜라는 무기도 있습니다. 표면 말고 흐름을 보는 능력도 가지고 있습니다. 그런 건 젊음에게 부족한 힘입니다. 나이를 먹으면서 점점 더 멋져지는 어른들을 보면 대개 끊임없이 궁금해하고, 새로운 것을 유연하게 받아들이는 분들이셨습니다. 이런 분들이 요즘 같은 불확실성의 시대에 필요한 '묻는 어른' 아닐까요?

당신의 나이가 몇이든, 질문을 두려워하지 마세요. 주눅들 필요 없습니다. 다들 모르면서, 아는 척 고개를 끄덕이고 있는지도 모르니까요. 누구의 손에도 답은 없습니다. 그러니 묻는 것이 부끄러울 이유도 없습니다. 이 글을 읽으시는 어른 여러분, 묻고, 의지하고, 판단하고, 길을 열어주세요. 이 시대엔 멋진 어른이 훨씬 더 많이 필요합니다.

인간관계는
인연이 아니라 의지

**"전하지 않으면,
전해지지 않습니다."**

인간관계에 대해 우리가 가지고 있는 가장 큰 오해는 무엇일까요? 저는, '우리의 만남은 운명이다'라는 믿음이라고 생각합니다. 유행가에서 자주 본 듯한 저 문장 때문에, 우리가 얼마나 많은 관계와 계기들을 놓치고 있는가에 대해 가끔 생각합니다.

'만날 사람은 만나고 만다'라는 것. '운명처럼 당신은 내가 걷던 길 위에 서 있었고, 우리는 애초에 이렇게 마주치기로 되어 있었다'는 것. 정말 그럴까요? 저 역시 그렇게 믿었던 때가 있었는데, 지금은 그런 것 같지 않습니다. 내게 정말 소중했던 이름들, 돌아보면 어느 순간 사라지고 없습니다. 스마트폰 속 연락처의 긴긴 리스트를 한번 살펴보세요. 그곳엔 무수히 많은 소중했던, 필요했던, 언젠가 연락할 일이 꼭 있을 것만 같았던 이름들이 있습니다. 이름을 아무리 들여다봐도 이 사람이 누구지 싶은 사람도 있고, 이름만 봐도 아련해지지만 막상 연락하기에는 용기가 나지 않는 사람도 있죠. 그 중에 당장 연락해도 어색하지 않은 사람의 수는 한 줌입니다. 반대로, 어느 날 누군가의 이름이 내 스마트폰에 발신자 표시로 뜰 때, 어떤 의아한 마음이나 추리의 과정 없이 반갑게 통화 버튼을 누를 수 있는 사람도 생각보다 많지 않습니다.

　　시간을 이기는 관계는 없습니다. '만날 사람은 만나겠지.' 그런 것 없습니다. 건물이 풍화되는 속도보다 훨씬 빠르게 인간관계는 삭고 녹이 습니다. 그러니 의지가 개입되어야 합니다. 제가 믿고 있는 진리가 하나 있습니다.

　　'인간관계는 인연이 아니라 의지이다.'

　　당신이 필요하다고, 당신이 좋다고, 당신에게 배우고 싶다고, 당신의 의견이 필요하다고, 당신과 수다 떠는 시간이 내게는 그 무엇보다 큰 휴식이라고, 당신과는 뜸하더라도 꾸준히 대화하고 싶다고, 어떤 식으로든 전하지 않으면 그 관계는 시간의 힘에 의해 자동정리 됩니다.

제가 후배들에게 틈틈이 강조하는 이야기가 있어요. "선배는, 뽑아먹으라고 있는 거야. 나도 그렇게 선배를 뽑아먹으면서 자랐어. 알아서 챙겨주는 선배 같은 건 없어. 그러니 부끄러워할 필요가 없어. 원하면 연락해서 필요한 걸 가져가. 그러지 않으면 이 관계는 금방 사라져. 나도 성격상 그러지 못하는데도 연락해서 점심 얻어먹던 선배들이 있었어. 만나면 그냥 사는 이야기하고, 헤어질 때쯤 궁금했던 것들을 묻고, 대단한 조언을 들은 것도 아니었지만 나눈 대화들을 통해 스스로를 정리해보고('조언을 구하러 간다' 하고 실은 내가 듣고 싶은 이야기만 골라 들었지만), 그렇게 확신을 얻고 나아가는 과정이 없었으면, 지금 나는 좀 다른 모습으로 살고 있었을 거야. 그들이 흔쾌히 사준 점심이 없었으면, 그들과 주고받은 메일이 없었으면."

게다가 저도 선배가 되어보니 그런 후배들을 만나서 필요한 이야기를 해주면서 역으로 얻는 에너지가 있더군요. 예전의 제 생각도 나고, 지금은 초심을 많이 잃었구나 싶어 자극도 되었어요. 조언을 통해 후배가 변하는 모습을 보면 뿌듯하기도 하고, 도와줄 능력이 없는 주제는 같이 고민하면서 스스로를 돌아보게도 되었어요. 그러니 찾아오는 후배들은 언제나 환영입니다. 선배들의 점심과 메일의 혜택으로 자랐으니, 저도 후배들에게 점심과 메일로 돌려주려 해요.

'인간관계는 인연이 아니라 의지이다.' 이것은 관계의 유지뿐만 아니라 시작에도 유효하다고 생각합니다. 정말 가까이 하고 싶은 사람이 있다면? 첫째, 그 사람에게 '신호'를 보내야 합니다. 내가 당신에게 관심이 있다고. 친해지고 싶다고. 하지만 내 의지가 있다고 다 친해질 순 없을 겁니다. 좋은 사람은 늘 좋은 사람들로 둘러싸여 있는 법이고, 그 사람이 타인과의 관계에 쓸 수 있는 에너지는 한정적일 테니까요. 그러니 둘째, 내가 가치 있는 사람이 되어야 합니다. 내가 친해지고 싶은 사람이 기꺼이 시간을 낼 만큼, 자신만의 가치를 가지고 있는 사람. 그것이 능력이든, 경험이든, 마음을 움직이는 무언가든. 그러니 어떤 식으로든 '노력'이라는 의지가 개입되어야 하는 겁니다. '신호'와 '노력'. 운명과는 꽤 떨어져 있는 단어 아닌가요?

인간의 뇌는 가장 중요한 기억을 남기기 위해 부수적인 기억들을 지우거나, 그것을 기억의 깊은 구석으로 치워둔다고 합니다. 그러니 아무리 소중했던 인연도 뇌의 작용에 의해 밀려나는 건 어쩔 수 없는 일입니다. 내게 소원해졌다고 상대에게 서운해할 필요가 없습니다. 뇌가 하는 일인걸요. 다만 상대방 뇌의 깊숙한 구석으로 밀려나는 게 싫다면, 잊지 말라는 신호를 보내거나, 그에게 정말 중요한 사람이 되어 상대가 나를 찾게 하는 수밖에 없을 겁니다.

내 의지를 드러내는 것. 이것은 부끄럽고 말고의 문제가 아니라 그 사람과의 관계를 내가 얼마나 중요하게 생각하느냐 마느냐의 문제입니다. 제가 뼈저리게 깨닫고 있는 (그러나 저 역시 잘 실천하지 못하는) 또 다른 진리로 이 장을 마무리하려고 합니다. 약간의 자기반성과 다짐을 담아.

'전하지 않으면, 전해지지 않는다.'

디테일의 마법

"우리는 무언가의 디테일 하나에 마음을 뺏기고,
그것을 사랑할 100가지 이유를 찾고 있는지도 몰라."

사랑에 빠지던 순간을 기억하시나요? 그 순간, 그 또는 그녀는 정말 슬로모션으로 걸어오던가요? 주위의 모든 것이 정지하던가요? 제 경우엔, 진짜 느린 화면처럼 느껴지던 순간도 있었어요. 그런데 또 다 그렇진 않았고요. 갑자기 푹 빠지는 사랑도 있고, 천천히 다가오는 사랑도 있는 거니까요. 하지만 명백하게도, 사랑의 시작점은 늘 있었습니다. 잘 살펴보면, 그건 늘 사소한 '디테일'이었습니다. 다시 떠올려봐도 정말 매력적인, 하나의 '장면'이었습니다.

제가 사랑에 빠지던 순간을 꺼내볼까요?

아내를 만난 건 제가 신입 카피라이터로 입사했던 광고 회사에서였습니다. 그녀는 선배 디자이너였고, 첫눈에도 매력적인 사람이었지만, 그때는 적극적으로 다가가야겠다는 생각을 하진 못했습니다. 결정적인 순간이 찾아온 것은 입사한 지 얼마 안 되던 날의 점심시간이었어요.

　　회사 사람들과 함께 근처 중국집에 갔습니다. 탁자 위에 쇠로 된 숟가락과 젓가락이 종이 포장지에 쌓여 있었고, 비싼 식당이 아니라 딱히 수저받침 같은 건 없었어요. 신입사원이던 저는 장난삼아 젓가락을 감싸고 있던 종이를 여러 번 접어 M자 형태로 만든 다음, 그 위에 젓가락을 올려놓았습니다. 그런데 제 바로 앞에 앉아 있던 '그녀'는 어땠는지 아세요? 젓가락이 들었던 종이를 손으로 확 구기더니, 그 위에 무심하게 젓가락을 놓는 겁니다.

　　남: 지금 뭐 하신 거예요?

　　여: 젓가락 놓은 건데요. 바닥에 닿지 말라고.

　　생각해보면 제가 사랑에 빠진 순간은 바로 그때였습니다. 그 짧은 장면이 전 그렇게 매력적이더라고요. 외모와 성격 사이의 낙차가 강렬했고, 저렇게 행동하는 여자는 세상에

한 명 밖에 없을 것 같았고, 그러고 보니 짬뽕 먹는 모습도 더 예쁜 것 같았고. 그 뒤로는요? 전 그냥 '직진'했습니다. 방법이 없더라고요.

이번엔 좀 종류가 다른 사랑 얘기를 해보겠습니다.

'재규어'라는 차를 아시나요? 재규어는 영국의 자동차 브랜드입니다. 영국에서 공부한 경험 때문인지 영국과 관계된 것들에 대한 어렴풋한 호의는 늘 가지고 있었습니다. 재규어가 영국 출신 자동차라는 것도 알고 있었고요. 그렇다고 처음부터 이 브랜드를 좋아했던 건 아닙니다. 고장이 많다는 악평이 좀 신경 쓰였어요. 그럼에도 차의 라인이 참 아름답다는 생각은 늘 했습니다. 그러던 어느 날, 자동차 잡지를 보다가 신기한 사실 하나를 알게 됐어요. 그 뒤로 저는 재규어와 급격히 사랑에 빠졌고, 유튜브에서 온갖 주행 동영상을 다 열어보게 되었고, 이안 컬럼(Ian Callum)이라는 재규어 수석 디자이너의 인터뷰까지 따로 찾아볼 정도가 되었습니다. 잡지 속 팩트는 바로 이거였습니다.

재규어 운전석에 오르면 시동 버튼이 1분에 72회 깜박이기 시작합니다. 이는 움직이지 않을 때 맹수 재규어의 심장박동

수와 같습니다.

그러니까 이 차에 오르는 건, 달리기 직전의 맹수 재규어에 올라타는 것과 같다는 말이군요. 아주 작은 디테일이지만, 그 정보를 알게 된 후로는 재규어라는 차 자체가 달라 보이더라고요. 깜박이는 시동 버튼 하나로, 쇠로 된 기계를 맹수로 느껴지게 하다니. 이런 디테일까지 신경 썼다면, 전체적인 만듦새는 말할 것도 없지 않을까요?

카피라이터 시절, 함께 작업하던 유명한 광고 감독님이 회의실에서 이런 말씀을 하셨습니다. 한 광고의 퀄리티를 가장 잘 보여주는 건? 본인은 '보조 출연자들'이라고 본다고요. 동의합니다. 광고 제작비를 줄여야 한다면, 보조 출연자의 출연료부터 낮추는 게 일반적이거든요. 아무래도 보조 출연자는 화면에서 눈에 덜 띄는 요소이니까요. 출연료가 낮아지면 출연자들의 연기력이나 경험치도 부족하기 쉽습니다. 냉정한 현실이죠. 거꾸로 생각하면, 보조 출연자까지 세심하게 신경 쓴 광고라면, 다른 모든 것들에도 당연히 신경 썼을 겁니다. 그 감독님의 말에 정말 공감되더라고요.

디테일은 많은 것을 말해줍니다. 그리고 우리는 본능적

으로 디테일에서 전체를 예감합니다. 이런 생각을 해본 적이 있어요. 사랑의 시작은 어쩌면 사소한 디테일에서부터가 아닐까? 우리는 무언가의 디테일 하나에 마음을 뺏기고는, 그것을 사랑할 100가지 이유를 찾고 있는 건 아닐까?

몇 년 전, 집을 사겠다는 큰 결심을 하고 아파트를 보러 간 적이 있습니다. 25층 아파트의 2층이었는데, 문을 열고 들어가자마자 보이는 창밖 단풍이 너무 예쁜 겁니다. 2층이니까, 나무의 높이와 베란다의 높이가 딱 맞았던 거죠. 내 집에 정원이 생긴 기분이었어요. 베란다 창밖 풍경을 보고 나서는 저도 모르게 그 집을 좋아할 또 다른 이유들을 찾고 있더군요. '집이 넓네. 연식이 좀 된 아파트라던데 그래서 그런지 집이 넓게 빠졌나 보다. 2층이니까 엘리베이터 기다릴 필요도 없겠네. 2층이라서 가격은 좀 저렴하니까 대출을 덜 받아도 되겠네. 2층이라서 나중에 안 팔리면? 에이, 내가 좋으면 다른 사람에게도 좋지 않을까?' 그렇게 이후에도 몇 번이나 그 집을 보러 갔고, 계약 직전까지 갔습니다. 옆 동네에 비슷한 가격의 더 좋은 집이 나오면서 마음을 접었지만요.

일본에서 '포터'라는 브랜드의 가방을 만지작거리다가 비가 오면 물이 들어가지 말라고 입구 쪽에 '굳이' 만들어놓은 똑딱이 단추를 보고는 사랑에 빠졌습니다. 회사 근처에 제주에 본점이 있는 커피숍이 생겼는데, 통로의 구조물이 배를 뒤집어놓은 형태를 단순화한 것임을 발견하고는—그것을 해석해낸 스스로를 대견해하며—사랑에 빠졌습니다. 남들은 신경 안 쓸 조그만 부분에 굳이 신경 쓴 것을 보면 한 번 더 눈길이 갑니다. 짧은 순간 많은 것을 말해야만 하는 시대일수록, 디테일의 힘이 세질 거라는 생각을 합니다. 제 생각을 대변한 듯한 문장을, 프랑스 작가 귀스타브 플로베르가 이미 적어두었군요.

'God is in the detail(신은 디테일 안에 있다).'

광고 속
디테일

시디즈의 아이용 의자 '링고' 광고를 만들 때였어요. 먼저 30초 광고 카피를 한번 볼까요?

엄마 무릎에 앉던 아이가
스스로 의자에 앉기 시작한다는 건

뛰어놀던 아이가
생각으로 놀기 시작한다는 것.

그래서, 좋은 의자가 필요합니다.

생각하는 힘은
앉아 있는 시간만큼 자라니까요.

의자가 인생을 바꾼다
시디즈

이 광고는 뛰어난 비주얼을 뽑는 걸로 광고업계에서 유명한 유광굉 감독과 함께 작업했습니다. 늘 이분과 한번 일해보고 싶었는데, 그때서야 기회가 닿았습니다. 당시 저와 감독님은 초면이라서, 서로가 어떤 스타일인지 모르는 상태에서 회의를 진행했습니다. 광고는 협업이 정말 중요해서, 오래 손발을 맞춰본 스태프들과는 회의도 일사천리로 진행되고, 처음 만나는 멤버들과는 아무래도 예열에 시간이 좀 필요합니다. 아이디어에 대한 피드백을 건네는 것도 처음엔 좀 조심스럽습니다. 처음 일해보는 저 사람의 장점을, 내가 늘 하던 판단이 죽여버릴 수도 있는 거니까요. 그래서 상대를 잘 모를 때는 그가 원하는 대로 만들고 판단할 여지를 좀 열어주는 편이에요. (제 주위 사람들은 이를 두고 '룸을 열어준다'라고 표현합니다.)

제가 생각하기에 이 광고 제작의 난점은 아이가 '생각으로 놀기 시작한다'는 카피를 비주얼화하는 것이었어요. 이런 저의 고민을 말씀드렸고, 감독님이 며칠 동안 발상을 해서 비주얼 아이디어를 가지고 오셨는데 재미있더군요.

의자에 앉아 책을 펼치면, 아이의 공부방이 사방으로 열리면서 상상의 세계가 펼쳐진다는 아이디어였습니다. 이 장면에 대한 설명을 듣고 저는 감독님이 당연히 3D 소스를 찍어서 합성하겠거니 생각했습니다. (요즘은 동영상 합성 기술이 워낙 발달해서, 실제 구조물을 만들어 찍는 것보다 간단한 합성이 훨씬 쉽고, 비용도 저렴한 경우가 많아요.) 그런데 감독님은 실제로 흰 상자를 만들어서 벽을 넘어뜨리겠다고 하시더라고요. "그냥 합성이 쉽지 않을까요?"라고 물으니, 그래도 실제 사이즈의 벽을 만들어 넘어뜨리는 게 완성도 측면에서 나을 것 같다고 하셨습니다. 디테일이 올라가는 시도를 제가 마다할 이유가 없었죠. 당연히 그렇게 하자고 말씀드렸습니다.

광고의 후반부에는 아이 방을 찍는 카메라의 시선이 구름 위로 올라갔다가, 우주에까지 이릅니다. 감독님이 그려 오신 콘티에 구름이 그려져 있길래 저는 이번에도 3D 소스 합성을 생각했어요. 그런데 이번에는 실제로 솜을 구름 모양으로 만들어서 찍겠다고 하시더군요.

촬영장에서 엄청난 양의 솜뭉치들을 직접 봤을 때 제 반응은 솔직히 '뭘 그렇게까지'였습니다. 평소에 디테일이 중요하다고 외치는 저부터도 그런 생각을 했던 것이죠. 솜으로 만들어 찍은 구름과, 3D로 합성한 구름. 광고를 보는 시청자들은 아마 그 차이를 모를 겁니다. 15초라는 짧은 시간 동안 훅 지나가는 광고를 누가 그렇게 뜯어보겠어요?

그런데 참 묘합니다. (과학적인 인과관계가 밝혀진 건 전혀 아니지만) 이상하게도 저렇게 사소한 디테일까지 공들여 찍은 작품들이 사람들에게 오랫동안 사랑받더군요. 제 경험에 따르면, 저와 스태프들이 디테일을 많이 챙긴 광고일수록 시청자들도 미세하게 '조금 더 좋다'는 느낌을 받으시는 것 같습니다. 앞서 설명한 링고 광고를 만든 것이 2016년. 광고주였던 시디즈의 당시 패턴대로라면 2017년, 2018년에 새로운 링고 광고 소재를 찍었을 법도 한데, 이 광고는 몇 년째 그대로 사용되고 있습니다. 물론 디테일들을 제대로 챙기다 보니 제작비는 일반적인 경우보다 좀 더 들었죠. 하지만 여러 편을 만들어서 들었을 비용을 생각하면, 제대로 한 편을 만든 것이 결과적으로는 더 이득이 아니었나 합니다. 잘 만들어서, 오래 썼던 거죠. 미세한 디테일들이 모여 만드는 미세하지 않은 차이. 디테일의 마법입니다. 역시, 퀄리티는 디테일의 합입니다.

실제 크기의 벽을 제작해 쓰러뜨리며 촬영한 장면.

생각하는 힘을
키워주는 의자
시디즈 링고

5초 정도 등장하는 화면 속의 구름을 위해…

촬영장 한쪽 구석을 뒤덮은 솜뭉치들.
잠시 후 피아노 줄에 매달려 공중부양을 하게 됩니다.

아홉 명의
4번 타자

**"하나의 점을 찍고
모든 사람들이 달려가는 시대는 끝났습니다."**

야구, 좋아하세요?

광고하는 사람 입장에서 보면 야구는 가장 매력적인 스포츠입니다. 구조적으로 광고가 끼어들 시간이 많거든요. 1회부터 9회까지, 매회 공격과 수비가 반복되는데, 공수교대에 걸리는 시간이 최소 2분입니다. 15초 광고가 8편 정도 나올 수 있는 시간이죠. 투수를 교체할 때도, 대타가 나올 때도, 광고타임입니다. 자본주의가 가장 사랑하는 스포츠가 야구라는 말이 괜히 나오는 게 아니죠. (축구는? 일단 경기가 시작되면 전반전과 후반전 사이 15분 정도만 광고가 나올 수 있습니다.)

꼭 자본주의적인 시선으로 바라보지 않더라도, 야구엔 야구만의 매력이 있습니다. 저는 아무리 불리한 상황이더라도 역전이 가능하다는 점에서 야구를 좋아합니다. 야구는 시간 제한이 없어요. 그러니 9회말 투아웃, 10점 차가 나도 이론적으로는 역전이 가능합니다. 타자들이 계속해서 죽지 않고 공격을 이어가면, 10점도, 100점도 낼 수 있으니까요. 그래서 야구계에서 가장 사랑받는 명언은 뉴욕 양키스의 포수 요기 베라(Yogi Berra)가 말했던 '끝날 때까지는 끝난 것이 아니다(It ain't over till it's over)'입니다. 초반에 큰 점수 차로 지고 있더라도, 누가 이길지는 모르는 거죠. 실제로 야구에서는 드라마 같은 상황이 자주 연출됩니다. 말도 안 되는 역전승이 펼쳐진 저녁, 인터넷의 야구 게시판에 들어가 보면 '야구 드라마를 이렇게 썼다면 야구도 모르는 사람이 썼다고 욕을 먹었을 것이다'라는 댓글들이 꽤 많이 올라오죠.

스포츠는 곧잘 인생에 비유됩니다. 하지만 야구는 그 빈도가 꽤 높은 것 같아요. 인생에 비유할 만한 요소들이 꽤 많거든요. 아무리 약한 팀도 열 번 싸우면 세 번 정도는 승리합니다. 선수들의 연봉이 높은 팀이라고 꼭 강팀인 것은 아닙니다. 똑같은 팀인데 감독만 바뀌어도 순위가 확 달라지곤 합니다. 리더가 어느 지점을 보고, 어떻게 동기부여를 하느냐에 따라 같은 선수들이 뛰어도 경기력이 달라지는 거죠. 선수 시절의 스타 플레이어라고 해서 지도자로 꼭 승승장구하는 것은 아닙니다. 타고난 재능으로 성공한 천재들은 노력해도 좀처럼 잠재력을 꽃피우지 못하는 범재들의 심리를 잘 이해하지 못하니까요. 그래서 오히려 별로 빛나지 않았던 선수들이 지도자로 훨씬 성공적인 커리어를 이어가기도 합니다. 어떤가요? 영감을 주는 부분들이 꽤 있죠?

작년에는 응원하는 팀의 성적이 좋아서 야구 보는 낙에 살았습니다. 만년 꼴찌 팀이 가을야구까지 하게 됐으니 말 다 했죠. 10년을 넘게 기다린 포스트시즌이 불행히도 단 몇 경기 만에 끝나버렸지만요. 야구를 오래 보다 보니 강팀들에게서 공통적으로 보이는 특징이 있습니다. 그건, 바로 짜임새예요. 화려한 스타 플레이어도 있지만, 백업요원들도 탄탄합니다. 7개월이 넘는 장기 레이스 동안 분명 부상당하는 이가 생기고, 그 자리를 큰 실수 없이 메꾸는 백업요원들이 강한 팀이 강팀입니다. 투수 구성도, 반드시 이겨야 할 경기를 이길 수 있는 에이스급 선발투수부터, 승부처에서 한 타자를 확실히 잡아줄 수 있는 원포인트 릴리프, 그리고 이기는 경기의 마지막에 등판해 흔들림 없이 서너 명의 타자를 잡아낼 강력한 구위(투수가 던지는 공의 위력)의 마무리 투수까지 골고루 갖춘 팀이 강팀입니다.

그러니 승리를 부르는 것은 결국 짜임새입니다. 팀 구성의 밸런스입니다. 만약 4번 타자만 아홉 명인 팀이 있다면 어떨까요?

야구를 모르시는 분들도 4번 타자라는 단어는 들어보셨을 겁니다. 그 팀에서 가장 타격이 좋고, 멀리 칠 수 있는 타자. 압박이 심한 찬스에서도 자기 스윙을 할 수 있는 큰 심장을 가진 타자가 4번 타자를 맡습니다. 대체로 가장 많은 연봉을 받고, 경기에서 지면 가장 큰 비난을 받죠. 그러나 4번 타자는 공을 멀리 칠 수 있는 능력이 특화되어 있어 덩치가 크고, 그래서 발은 느릴 확률이 많습니다. 장타를 치기 위해 스윙이 크다 보니 정교함은 상대적으로 떨어지죠. 그러니 한 팀에 4번 타자가 아홉 명이라면? 상대 입장에서는 약점을 공략하기가 훨씬 쉬울 겁니다. 100년이 훌쩍 넘는 역사를 지닌 미국 메이저리그가 (팀마다 특색은 분명 다르지만) 짧게 치는 빠른 타자와 장타자를 섞어 타순을 짜는 이유도 그래서일 겁니다.

걸음이 아주 빠른 주자도, 수비에 특화된 선수도 경기에 꼭 필요합니다. 게다가 한 번의 실수로 승부가 갈라지는 큰 경기일수록, 세밀한 플레이와 팀의 짜임새가 승리를 부릅니다. 한국시리즈 7차전처럼 절체절명의 경기에서는, 자신만의 장점을 극대화한 스페셜리스트들을 잘 갖춘 팀이 경기를 승리로 가져갑니다. 모든 사람이 4번 타자일 필요가 없는 거죠.

그러니 냉정하게 내가 4번 타자감이 아니라는 생각이 들면, 큰 스윙을 연습해서 어쩌다 한 번씩 홈런을 치는 타자가 되는 것보다 내 장점을 살릴 수 있는 스윙 궤적을 찾는 것이 더 중요합니다. 멀리 치지는 못하지만 공을 잘 봐서 안타든 볼넷이든 1루로 자주 나갈 수 있는 타자. 발이 빨라 수비수를 불편하게 만드는 주자. 수비 반경이 넓어서 결정적인 순간에 자기를 향해 날아온 공을 반드시 아웃으로 만들 수 있는 수비수. 이렇게 자기만의 무기가 확실하다면, 팀은 나를 필요로 할 수밖에 없습니다. 내가 잘할 수 있는 것을 필사적으로 찾아서 그 자리에서 기어이 빛나는 사람. 요즘 저는 그런 선수들이 더 멋져 보입니다.

모든 이가 한 점을 향해 달려가는 사회는 불행합니다. 회사에 들어가서, 경쟁자를 이기다가, 몇 없는 임원 자리에 앉지 못하면 실패한 인생일까요? 임원이 된 후, 한 자리밖에 없는 사장이 되지 못하면 불행한 걸까요? 사장이 되고 나면, 업계에서 1등을 못하는 회사의 사장이라 불행하다고 느끼지 않을까요? 왜 우리는 승리의 확률이 극히 적은 목표를 세우고 스스로 불행하다고 생각할까요?

하나의 점을 찍고 모든 사람들이 그곳을 향해 달려가는 시대는 끝난 것 같습니다. 사람들을 만나보면, 예전과는 생각들이 많이 달라졌다는 것을 느껴요. 저는 오히려 가능한 여러 개의 점을 찍고 내가 행복한 일, 또 잘할 수 있는 일들을 끊임없이 탐구하는 것이 더 중요하다고 생각합니다. 그러다 보면 보이겠죠. 내가 정말 행복한 일이, 잘할 수 있는 일이, 인생을 걸고 싶은 일이. 우리는 이 과정을 생략한 채 직업을 정하고, 직장을 가진 뒤부터는 숙명처럼, 모두가 하나의 점을 향해 달려가는 삶을 살았던 건 아닐까요?

시대가 바뀌면서, 개인이 하나의 '브랜드'가 되기가 어느 때보다 쉬워졌다는 생각을 합니다. 그러니 내가 한 조직에서 최고점에 가는 것을 유일한 목표로 하기보다는 (물론 그 목표도 존중받을 만한 목표겠지만), 스스로 하나의 단단한 브랜드가 되어 사람들이 나를 원해서 찾아올 수 있도록 하는 것이 길게 보면 더 중요하지 않을까 해요.

내가 잘하는 일을 기어이 찾아내어 그 자리에서 빛나는 것. 그것이 오히려 나를 빛나게 하고, 내가 속한 팀을 이기게 합니다. 그런 선수들이 많은 세상이, 적어도 모든 이가 4번 타자가 되려는 세상보다 더 행복하지 않을까요?

동기부여의
마법

"리더의 제1능력은 '동기부여력'이다."

　　오랜만에 박웅현 CCO(Chief Creative Officer, 회사의 크리
에이티브 총책임자)님과 함께 광고 캠페인을 하나 만들고 있습
니다. 예전에 그분이 CD이고 제가 그 팀의 카피라이터로 일
하던 시절에는, 함께 회의하고 카피 쓰는 일이 점심 먹고 커피
마시는 것처럼 당연한 일상이었어요. 하지만 이제는 그분이
회사에서 맡고 계신 역할도 달라졌고, 저 역시 CD로 독립하
게 되어 함께 프로젝트를 진행할 일이 드물었습니다. 오랜만
에 뭉치니 예전 생각이 종종 납니다. 아마 그분도 같은 생각이
셨나 봐요. 새롭게 준비하는 캠페인이 어떤 식으로 만들어졌

으면 좋겠다고 이야기를 나누다가, 갑자기 서랍을 뒤져서 종이 뭉치를 하나 꺼내십니다. '뭐지?' 싶어 들여다보는데, 뭔가 낯이 익습니다. 표지엔 이런 문장이 한 줄 쓰여 있었어요.

그리하여 2009년 대한민국 최고의 캠페인은 시작되었다.

저와 CCO님은 마주보며 환하게 웃었습니다. 2009년의 어느 날, 회사의 10층 회의실이 순식간에 소환되네요. 기억납니다. 저 종이가 회의실 탁자 위에 오르던 순간이.

2009년 초여름, 우리는 e편한세상 '진심이 짓는다' 광고 캠페인을 준비 중이었습니다. 팀의 카피라이터는 박웅현. 유병욱. 김민철. (카피라이터 출신의 당시 박웅현 CD님은 중요한 일에는 직접 카피를 쓰셨어요. 당시 저와 민철은 그를 '대장카피'라고 불렀습니다.) 우리는 어떤 이유에서인지 50개 정도의 단단한 카피를 써보자는 패기 넘치는 목표를 세우고 계급장 떼고 각자의 카피를 '까고' 있었습니다. 연차가 제일 높은 대장카피가 먼저 자신이 써온 카피를 꺼내는데, 그 첫 문장이 바로 저 문장이었어요. '그리하여 2009년 대한민국 최고의 캠페인은 시작되었다.'

그때, 저와 민철은 마주보며 웃었습니다. 웃음에는 여러 가지 의미가 담겼던 걸로 기억해요. 지금 진지하게 저 문장을 써오신 걸까? 아니면 카피를 설명하기 전, 분위기를 부드럽게 만들기 위한 '위트'일까? (카피라이터들은 종종 회의실에서 자기 카피를 설명하기 전에 자신이 원하는 분위기를 만들어가기 위해 저런 '스킬'을 쓰곤 합니다.) 어쨌거나 회의는 시작되었습니다. 사실 그날 회의는 대장카피의 독무대였던 걸로 기억해요. 아무래도 캠페인의 방향성은 CD의 머릿속에 있을 확률이 많고, 회의를 마치고 쌓인 종이 뭉치 중에서 앞으로 우리가 '잡고 달릴' 카피를 정하는 것도 CD이니 여러모로 그에게 유리한 시간이었겠지만, 그 모든 여건을 제외하고서도 대장카피의 카피는 참 좋았습니다. '아, 참 짜증나게 잘 쓰네.' 이런 감정이랄까요?

한 시간 반 정도의 시간이 흐르고 그날의 회의는 끝이 났습니다. 우리는 원하는 50개의 '그립감'이 느껴지는 카피 뭉치를 얻기 위해 그 후로도 몇 번의 카피 회의를 반복했어요. 그런데 놀랍게도, 저 문장은 캠페인을 런칭할 때까지 제 머리를 떠나지 않았습니다.

저 문장이 책상 위에 올라왔을 때, 두 후배 카피라이터들은 그냥 웃었는데, '에이, 농담도 잘하셔'라는 표정으로 웃어넘겼는데, 막상 카피를 쓰게 되자 농담으로만 느껴지지 않았습니다. 쓰다 보니, 회의를 거듭하면서 몇 개의 멋진 카피들이 책상 위에 놓인 걸 보니, 정말 멋진 캠페인이 나올 것만 같았습니다. 나도 한몫하고 싶었습니다. 내가 쓴 카피를 저 사이에 끼워넣고 싶어졌습니다. 그러자 내가 가진 가장 중요하고 집중이 잘되는 시간을 그 카피를 쓰는 데에 쓰고 있었습니다. 그리고 놀랍게도, 실제로 e편한세상 '진심이 짓는다' 캠페인은 2009년 최고의 광고 캠페인 중 하나가 되었습니다. 광고가 온 에어 된 이후 시장이 유의미하게 움직였고, 아파트 브랜드 중 6위권 이하이던 e편한세상은 다음 해 소비자 조사에서 3위권의 브랜드가 되었어요. 상도 많이 받았고요.

그때가 벌써 10년 전입니다. 별다른 책임감 없이 그저 좋은 카피만 쓰면 되었던 저도 이제 한 팀을 이끌어야 하는 자리에 있네요. 리더의 위치에서 일을 하다 보니 뼈저리게 느끼는 사실이 하나 있습니다.

'리더의 제1능력은 '동기부여력'이다.'

정말로, '동기부여'가 일의 시작과 끝입니다. 생각의 질로 결과가 판가름 나는 일일수록 더욱 그렇습니다. 결국은 사람이 하는 일이니까. 사람이 가지고 있는 힘을 끌어내고, 더 잘하고 싶게 만드는 건 결국 한 마디의 말입니다. 경험이 말해줍니다. 말은 힘이 셉니다. 우리의 대장카피는 가끔 민철과 제게 이런 농담을 하셨어요. "그래도 한글 카피는 우리가 세계 최고잖아." 웃으면서 들었지만 말은 되는 이야기였습니다. '그렇지. 한글 카피 쓰는 사람은 우리나라 사람밖에 없으니까, 뭐, 세계 최고 못 되란 법도 없지.' 그런데 그 농담을 주고받던 시간이 쌓이면서 생기는 알 수 없는 힘이 있었습니다. '그렇지. 우리가 광고주 비위는 못 맞춰도, 카피로는 안 질 자신 있지.'

　이미 진행 중인 프로젝트들로 정신없이 바쁜 와중에, 새 프로젝트가 우리 팀에 배정될 때가 있습니다. 이때 사람의 마음을 움직이는 것도 '말'입니다. "지금 이 일을 할 사람이 없어. 다른 팀도 정말 바쁘니까 좀 해줘"와, "이 일은 너희 팀 아니면 안 돼. 너희 팀이 가장 잘 할 수 있어"라고 말하는 것의 차이는 실로 엄청나다고 생각합니다. 사람이 하는 일이니, 하고 싶고 잘하고 싶을 때 비로소 양질의 생각이 나옵니다. 해야 하는 일이 되어버리면 딱 해야 하는 수준만큼의 생각만 나옵니다. 적당히 아이디어를 내고 적당한 지점에서 생각의 문을 닫으니까요. 똑같은 시간을 쓴다고 똑같은 질의 생각이 태어날까요? 전혀 그렇지 않습니다.

얼마 전 제가 생각하는 '올해 우리 팀에게 가장 중요한 캠페인'을 준비하기에 앞서 팀원들에게 간단한 브리프를 써서 설명해준 적이 있습니다. 평소 제 스타일은 아닌데, 이 일은 그렇게 하고 싶었거든요. 이번 캠페인에서 중요한 포인트는 무엇인지, 최종 결과물은 어떤 인상이었으면 좋겠는지를 말해주었습니다. (실은 이 글의 초반에 이야기했던 박웅현 CCO님과 함께 하는 그 프로젝트입니다.) 문득 그분이 서랍 속에서 꺼내신 오래된 종이 뭉치와, 그 위에 적힌 문장과, 그 문장이 보여준 동기부여의 마법이 떠올라, 저도 브리프 맨 끝에 이렇게 적었습니다.

'5년 뒤, 우리가 2019년을 떠올리면 기억할 볼드한 캠페인.'

브리프를 읽은 팀원들 몇몇의 입가에서 미소가 살짝 비치네요. 마법은 일어날까요? 동기부여의 마법.

과잉의 시대일수록
안목입니다

"미래는 존중 속에 있다."

마지막이 언제였을까요? 세계와 내가 어떤 중간 단계 없이 오롯이 마주했던 적이. 오직 스스로의 감각만으로 현실을 판단하고 벌어질 일들을 예측했던 적이.

제게 떠오르는 마지막은 오래전 논산훈련소 시절이네요. TV나 인터넷은 고사하고, 내일의 일기예보조차 확인할 수 없는 곳. 꼬맹이 시절 이후론 처음으로 내 몸과 자연이 일대일로 마주하던 곳. 훈련소 4주 차에, 이름만 들어도 떨리는 '수류탄 투척 훈련'을 하러 가는 길이었어요. 해는 떴지만 아직은 아침이라 불러도 좋을 만한 시각에, 우리 소대는 30분을 넘게 걸어 수류탄 교정으로 향했습니다. 오와 열을 맞춰 행군하는 와중에, 제 옆을 걷던 중사 정도 되는 조교가 떠 있는 해를 가리키며 이렇게 이야기하더군요.

"저게 뭔지 아나? 해 주위에 둥그렇게 뿌연 것. 저게 햇무리다. 햇무리가 보이는 날은 엄청 무덥다. 너희들 오늘 정신 바짝 차려라."

그리고 그날은 정말 더웠습니다. 습도가 높아서 훈련복이 몸에 쩍쩍 달라붙는 느낌이었어요. 제대한 뒤로도 가끔 햇무리를 보면 그날 생각이 납니다. 햇무리에 대해 얘기하던 그 조교의 얼굴은 전혀 기억이 나지 않는데, 그날 그 장면과 조교의 말은 잊히지가 않네요. 왠지 멋졌거든요. 저런 게 내가 학교에서는 배울 수 없던 지식이구나. 아마 옛날 사람들은 저런 현상들에 신경을 곤두세우며 앞일을 예측했겠구나.

안타까운 것은 이 아름답고도 현명한 지식들이, 적어도 현대 사회에서는 아무런 쓸모가 없다는 겁니다. 우리가 현상을 판단하기도 전에, 데이터는 우리 눈앞에 미리 와서 기다리고 있습니다. 데이터는 우리에게 폭포처럼 쏟아집니다. 세계와 나는 그저 데이터로 연결되어 있다는 생각이 드는 요즘이에요. 아침에 일어나면 저는 스마트폰부터 켭니다. 그러고는 날씨 앱이 알려주는 현재 온도와 한낮의 기온, 그리고 미세먼지를 확인해요. 그제서야 오늘 옷을 어떻게 입을지가 떠오릅니다. 맑은 날인 줄 알고 걷다가도, 스마트폰 날씨 앱의 초미세먼지 수치가 높은 걸 확인한 뒤론 갑자기 가슴이 답답해집니다. 실제로, 데이터가 제 행동을 장악한 지는 오래입니다. 버스정류장을 향해 걸어가면서도 대중교통 앱을 열어 타려고 하는 버스가 지금 어디까지 왔는지, 저 건널목을 무리하게 뛰어 건널지 한 템포 쉬어 건널지를 결정하는 정도죠.

IOT(Internet Of Things)니 4차 산업혁명이니 하는 단어들이 무슨 뜻인지는 전 아직도 잘 모르겠어요. 다만 우리가 점점 기술에 많은 것을 의존하고 있다는 사실만은 명확합니다. 우리가 A에서 B라는 점으로 이동하는 방식. 음식을 시켜먹는 방식. 물건을 주문하고 받아드는 시간. 모든 게 달라졌습니다. 기술은 언제나 우리의 상상력을 가볍게 뛰어넘고, 교육기관은 창의융합형 인재를 키워야 한다며 아이들에게 코딩교육을 의무화시키는 중이며, 사회는 이에 발맞춰 코딩학원, 코딩유치원으로 대응하고 있습니다.

그러니 앞으로 각광받는 것은 기술일까요? 기술의 축에서서 정보를 생산해내는 쪽일까요? 물론 그럴 가능성이 크겠죠. 하지만 저는 요즘 생각을 살짝 바꿔보는 중입니다. 정보가 쏟아지는 시대일수록, 정보를 골라내는 사람이 더 중요해지지 않을까요? 정보들이 넘쳐나니, 갈수록 어떤 것이 좋은 정보인지 어떤 것이 쓰레기인지를 골라내는 일이 점점 더 힘들어집니다. 인터넷에 넘치는 가짜 뉴스들을 보세요. 양질의 정보를 내보내는 매체들의 입장에서는 점점 더 불리해지는 전황이죠. 그러니 필요한 것은, 골라내는 눈입니다. 어쩌면 만들어내는 기술보다 더 절실한, 선별하는 눈.

　과잉의 시대일수록 안목입니다.
　종종 이런 생각을 합니다 '누구나 한 가지쯤에 관해서는 명백한 취향이 있다.' 누구에게나 자신만의 취향의 영역은 있어요. 그리고 개중엔 그 취향을 잘 다듬어 좋은 안목으로 바꾸어놓은 사람들이 있습니다. 우리 앞에 놓인 무수히 많은 사물들 속에서 조망할 만한 아름다움을 골라내는 사람. 자신이 푹 빠진 세계의 아름다움을 상대에게 쉽고도 직관적인 단어로 설명하고, 원한다면 그 매력을 맛볼 수 있는 가장 빠른 길로 인도하는 사람. 그 세계가 음악이든, 영화든, 책이든, 요리든, 인테리어든, 혹은 우리가 대단하다고 생각하지 않는 어느 사소한 영역이든, 그곳에서 남들이 못 보던 것을 보는 눈을 가진 사람.

그런 눈을 가진 사람을 만날 때면 늘 감탄하게 됩니다. 안목은 하늘에서 뚝 떨어지는 것이 아니니까요. 자신의 취향이 무엇인지를 깨닫고, 섭렵하고, 견고히 하다, 시들해지고, 다시 불이 붙고, 그렇게 시간의 힘을 통해 다듬어야만 비로소 생기는 것이 안목이니까요.

　　과잉의 시대일수록 안목입니다.

　　안목이 점점 더 중요해지는 시대가 올 거라고 생각합니다. 저부터 노력해보려고 해요. 그리고 그 노력에 다짐 하나만 더하려고 합니다. 안목을 장착하되, 남의 관(觀)을 무시하는 사람이 되지는 말자고요. 하는 일이 광고라서, 회의를 수도 없이 해보니 알겠습니다. 부정은 생각을 한 발짝도 나아가게 하지 못합니다. 오로지 하나의 생각만이 옳은 회의실에서는, 회의실에 들어올 때와 나올 때 극적인 변화가 일어나는 경우란 거의 보지 못했어요. '배척'에는 에너지가 담겨 있지 않습니다.

　　그러나 '존중'에는 확장의 가능성이 있습니다. 한 사람의 천재가 모든 영역을 아우르는 놀라운 결과물을 만들어내는 것이 거의 불가능해진 요즘 같은 세상일수록, 괜찮은 생각들을 더하고 섞어서 없던 가능성을 만들어내는 방식이 필요합니다. 그리고 그 없던 가능성을 태어나게 하는 것은 '존중'이라고 생각합니다. 자신만의 단단한 안목을 가지고 있지만, 남의 안목도 존중해주는 사람. 그리고 자신의 눈으로 발견한 가능성을 남의 안목에 더해주는 사람. 제가 아는 멋진 어른들은 대부분 이런 존중의 미덕을 가지고 있었어요.

　　나이를 먹으면, 기술을 따라가는 것엔 약해질 수밖에 없겠죠. 당장 저부터도 헉헉대며 겨우 따라가는 중인걸요. 기술엔 약해도 안목을 가진 멋진 어른이 되는 삶. 그리고 남의 안목을 존중해주는 삶. 제가 꿈꾸는 삶입니다. 제 생각과 다르신가요? 네, 물론 존중합니다.

카피 감수성

"나의 이익을 위해,
누군가를 차별하거나 억압하는 카피는 쓰지 말자."

제 책상 구석엔 오래된 카피 스크랩 노트가 있습니다. TV나 신문, 잡지에서 눈에 띄는 카피를 발견할 때면 따로 적어두곤 하던 노트입니다. 회의 시간에 동료나 선배들이 좋은 카피를 꺼낼 때도, 일단 눈에 보이는 아무 곳에나 적어두었다가 따로 시간을 내어 그 노트에 옮겨 적고는 생각이 막힐 때마다 꺼내보았습니다.

하지만 연차가 쌓이며 머리가 굵어져서인지, 매너리즘 때문인지, 언젠가부터 더 이상 그 노트의 도움을 받지 않게 되었습니다. 그러다 얼마 전 회사의 인테리어를 바꾸게 되어,

버릴 물건들을 정리하다가 우연히 잊고 지냈던 그 카피 스크랩 노트를 다시 열어보게 되었습니다. 한참을 푹 빠져서 읽던 중에, 어떤 문장들을 발견하고는 깜짝 놀랐습니다.

여자의 적은 여자

지구 반대편에도 적들은 있다

틈틈이 마시자, 0칼로리 ○○○차

분명 10여 년 전의 제가 좋다고 느껴 따로 적어둔 카피입니다. 당시 저는 0칼로리 차 브랜드를 광고하는 중이었고, 늘 좋은 아이디어를 내던 같은 팀 선배가 바로 저 카피를 회의실에 들고 왔습니다. 광고의 스토리는 여자 주인공(톱모델)이 컴퓨터 화면 속에 있는 날씬한 외국인 여자 모델을 보고는 분발하여 0칼로리 차를 꺼내 틈틈이 마신다는 내용이었고, (여자 멤버들을 포함한) 팀원들의 반응은 '와, 재밌다'였던 것으로 기억합니다. 저 또한 웃으며 저 카피를 옮겨 적었죠.

하지만 시곗바늘을 오늘로 돌려서 저 카피가 우리 팀 회의 시간에 등장한다면, 저는 결코 그때처럼 웃지 못할 것 같습니다. 제가 받아 적었던 카피 속의 '여자'는 오직 자기의 외모에만 관심이 있는, 매우 단순하며 쉽게 질투하는 존재로 묘

사되어 있군요. '여자의 적은 여자'라는 프레임도 마찬가지입니다. 굳이 '젠더 감수성'이란 단어를 꺼내지 않더라도, 앞서 소개한 카피는 듣는 사람들을 매우 불쾌하게 할 수 있는 표현입니다. 나이를 먹고, 아이를 키우고, 또 콘텐츠를 만들어 발신하는 사람으로서 대단하지는 않아도 왜곡되지 않은 '관'을 가지려고 노력하다 보니, 이제는 알겠습니다. '여자는 어떻다', '남자는 어떻다' 하고 성 역할을 규정하고 견고히 하는 것은 그 누구에게도 행복한 세상을 가져다주지 못한다는 사실을요. 왜 그때는 그런 생각을 못했는지 부끄럽지만, 이제라도 알았으니 다행일까요?

저는 최근 몇 년 동안 화장품 브랜드의 광고를 만들고 있습니다. 화장품 카피를 쓸 때는, 팀의 카피라이터들과 꽤 오랜 시간, 다양한 카피를 써보곤 합니다. 아무래도 제가 화장을 하지 않다 보니, 어떤 카피가 타깃들에게 효과적일지 빠르게 판단하고 하나의 방향을 정해서 완성도를 높이기가 쉽지 않아서겠죠. 다행히 화장품 광고를 한 지 햇수로 2년 정도가 지나고, 몇 번의 시행착오를 거치니 이제는 조금씩 감이 오기 시작하더군요. 그즈음, 팀 카피라이터들에게 이렇게 이야기한 적이 있습니다.

"앞으로 우리 팀에서는 '여자는', '여자가', '여자의'로 시작되는 카피는 쓰지 말자. '레드는 여자의 무기' 같은 카피, 나도 예전엔 멋지다고 생각했는데 이제는 시대착오적인 것 같아. 성 역할을 규정하는 카피를 적어도 우리 팀에서는 쓰지 말자. 화장품 광고가 아니라고 해도 마찬가지야. 우리가 나중에 밥솥 광고를 하게 된다 해도, '여자는 아름다운 주방을 꿈꾼다' 같은 표현은 쓰지 말자."

광고 카피가 뭐 대단하다고 저런 이야기를 하느냐고 생각하는 분들도 계시겠죠. 하지만 그런 생각들은 제게 별로 중요하지 않습니다. 대단하건 대단하지 않건, 광고는 대중문화의 중요한 구성요소인걸요. '메시지의 누적'이라는 측면에서만 보면 드라마나 영화보다도 강력한 미디어가 광고입니다. 누군가는 광고에서 보이는 글자를 보고 맞춤법을 배울 수도 있는걸요. 그게 제가 하는 '광고'라는 일에 대한 저의 직업적 자존입니다. 그러니 스스로 불합리하다고 생각하는 성 역할에 대한 인식을 광고를 통해 강화하는 일은 하지 않으려고 합니다.

같은 맥락에서, 앞으로 제가 맡고 있는 브랜드에 '남자는', '남자가', '남자의'로 시작되는 카피도 쓰지 않으려 합니다. 적어도 제가 만드는 광고에서는 '싸나이가 뭘 울고 그래'

같은 표현도 쓰지 않으려고 합니다. 기울어진 운동장에서 뛰는 여자들의 고통에 비할 바는 아니지만, '남자는 이래야 한다'는 인식 속에도 뿌리 깊은 폭력이 숨어 있거든요. 대단한 예는 아니지만, 저 역시 오랜 사회적 학습의 결과로 눈물을 참고 감정 표현을 억눌러야만 남자답다고 믿으며 자라왔습니다. 하지만 나이를 먹으면서 생각해보니 그건 결코 멋지지도 않고, 제 자신을 행복하게 만드는 일도 아니더군요. 감정을 억누르는 건 제 자신을 갉아먹을 뿐이었습니다.

오래전 한 광고에서 이런 카피를 써서 문제가 된 적이 있습니다.

그 남자가 입으면 유럽
그 남자가 입으면 동남아

시작은 웃자고 쓴 카피겠지만, 그것이 어떤 이들을 고통스럽게 한다면 더 이상 유머가 아닙니다. 저 또한 알게 모르게 저런 실수를 해왔는지도 모를 일입니다. 그러니 이제부터는 정신 바짝 차리려고요. 나와 내가 맡은 브랜드의 이득을 위해, 누군가를 차별하거나 억압하는 광고를 만들지는 말자.

'젠더 감수성'이란 단어가 있는 것처럼, 우리 팀의 '카피 감수성'도 틈틈이 챙겨보자. 일단, 제 주위에서부터 시작해보려 합니다. 그 짧은 15초짜리 광고로 뭘 어쩌겠냐고요? 글쎄요. 바위를 부수는 건 거대한 망치일 수도 있지만, 집요하고도 꾸준하게 떨어지는 처마 끝의 물방울일 수도 있습니다.

내게 없는 힘이
필요할 때

화장을 하지 않지만, 화장품 광고를 몇 년간 하고 있습니다. 남자인데, 브라 광고 경쟁 PT를 해야 하는 일이 생겼습니다. (그리고 놀랍게도 그 PT를 따서 1년간 브라 광고를 만드는 일도 생겼습니다.) 세상 사는 일이 내 맘처럼 되지 않으니, 내가 잘 모르는 영역의 일도 해야 할 때가 있습니다.

그럴 때 가장 중요한 건 '인정'과 '의지' 같아요. 내가 모르는 부분을 인정하고, 그 부분은 내가 부족한 것을 가지고 있는 이들에게 의지합니다. 아이디어를 고를 때, 연차와 관계없이 최대한 많은 여자 스태프들의 의견을 묻고, 메이크업이나

의상 트렌드 같은 부분들은 외부 전문가들에게 미련 없이 맡깁니다. 다만 제가 가장 잘할 수 있는 부분에 더 집중해요. 발견한 인사이트를 문장으로 뽑아내는 일이라거나, 경험이 많은 스태프들을 선택해 전체적인 그림을 만들어내는 일.

늘 느끼는 바이지만, 답은 늘 근처에 있습니다. 주위의 능력들을 잘 쓰는 것도 대단한 능력이고요.

다음 페이지에 소개해드리는 글은 25세에서 35세 사이, 도시의 삶을 살지만 자연이 주는 매력 또한 사랑하는 여성들을 타깃으로 하는 화장품 광고에 썼던 카피예요. 정리는 제가 했지만 저희 팀의 여자 멤버들이 중요한 문장들을 대부분 완성했습니다.

'자연이란 공간은 좋지만 가서 살고 싶은 마음은 없다'거나, '화려하고 번잡한 도시에서 일을 하지만 실은 조용한 나만의 장소나 아기자기한 골목에서 더 큰 매력을 느낀다'거나. (이 또한 카피를 쓰던 당시의 트렌드이지만) '요즘은 커피만큼 티가 유행'이라거나 하는 실제 타깃의 인사이트들은 확실히 당사자들이 잘 쏟아내더군요. (경쟁 PT에서 채택되지 못한 카피인 관계로 브랜드명은 생략합니다.)

숲속에 살고 싶지는 않지만

내 곁에 작은 숲을 놓는 건 좋다.
(화면: 책상 옆 작은 화분)

불어오는 바람도 좋지만
내가 만든 바람은 더 좋고
(화면: 자전거 타는 여자)

허브를 키울 자신은 없지만
민트티는 좋다.

큰길보단, 골목
낮의 강남보단, 밤의 한강
'화려한'이란 형용사보단
'자연스럽게'라는 부사

이것은 당신의 이야기
그리고 ○○의 이야기

당신의 일상에,
자연이 스며들도록

당신의 아름다움이,

자연스럽게 빛을 내도록

담그고, 우려내고

기다리고, 기다립니다.

자연이 스스로

가장 좋은 것을 내놓을 때까지

○ ○

노래에 대한 예의를 지키면,
비로소 들리기 시작하는 이야기가 있습니다.

흘려듣던 음악을 주의 깊게 듣던 날,
'이 노래가 이런 노래였어?'라는 생각이 들고,
가사에서, 가수의 목소리에서,
그 뒤에 숨어 있던 악기들로부터
비로소 풀려나오는 감동이 있습니다.

예의를 지킨다는 것이 그렇게 어렵진 않아요.
내가 가진 가장 좋은 이어폰을 낀다거나,
자동차의 창문을 닫는다거나,
맛있는 커피를 한 잔 내려놓고
플레이 버튼을 누르는 정도의 예의면 충분합니다.

자, 이제 예의 바른 자세로,
음악이 주는 선물을 받으러 가볼까요?

PART 3

평소의 음악

계절은
플레이리스트를 바꾸고

**"새로운 계절이 오면,
마중 나갈 음악이 필요합니다."**

아침저녁으로 선선한 기운이 느껴지면, 여름내 잘 듣고 다니던 음악도 갑자기 낯설게 느껴집니다. 봄에는 봄의 기운이 있고, 가을에는 알 수 없는 쓸쓸함이 있어, 어울리는 음악도 자연스럽게 달라지나 봐요. 그래서 저는 새 계절이 찾아오면, 그 계절을 마중 나갈 음악을 고릅니다. 술과 안주에도 궁합이 있듯이, 날씨와 음악의 바람직한 조합은 시작하는 계절을 마음껏 만끽하게 하죠. 소개합니다. 계절마다 반복 재생하는 평소의 음악들.

폭염을 부수는 브라스,
<카우보이 비밥> OST 'Tank'

2018년의 여름을 잊을 수 있을까요? 퇴근이 머뭇거려지던 유일한 여름. 신이 태양을 조절하는 밸브를 잘못 건드리고 어디 놀러 간 게 아닐까 싶을 만큼, 길고도 가혹했던 여름.

그 여름 출근길에, 유독 저는 같은 노래를 들었습니다. 정확히는 신사역 8번 출구에서 나와 회사로 걸어가기까지의 3분 30초 동안(놀랍게도 곡의 러닝타임도 정확히 3분 30초입니다). 그건 마치 의식과 같은 일이었어요. 폭염이 2주를 넘자 슬슬 오기 같은 것이 생겼거든요. '네가 어디까지 덥나 한번 보자.' 그리고 전쟁에 출정하는 병사처럼 노래를 틀었죠. 없던 힘도 돋아나게 하는 브라스(트럼펫, 트롬본, 튜바, 호른 등 금속으로 만든 관악기). <카우보이 비밥> OST, 'Tank'

'Tank'는 <카우보이 비밥>이라는 전설적인 일본 애니메이션의 오프닝 음악입니다. 한때 컴퓨터의 배경화면을 <카우보이 비밥>으로 해놓을 정도로 사랑했던 작품인데, 스토리 라인은 굉장히 영(Young)하지만 음악은 재즈에 기반을 두고 있어 묵직합니다. 미국식 재즈가 흘러나오는 재패니메이션의 매력이 대단하죠. 주인공 스파이크는 우주선을 타고 다니며

COWBOY BEBOP

FELT TIP PEN   RUSH   SPOKEY DOKEY   BAD DOG NO BISCUITS   The EGG and I
CAT BLUES   RAIN   SPACE LION   WALTZ for ZIZI   CAR24   MEMORY   'Tank!'
PIANO BLACK   POT CITY   TOO GOOD TOO BAD   COSMOS   DIGGING MY POTATO

<카우보이 비밥>의 오프닝 타이틀 곡인 'Tank'가 실려 있는 앨범.
<카우보이 비밥>의 세 번째 OST <Blue>에도 명곡들이 가득합니다.

현상금을 사냥하는 2071년의 스페이스 카우보이예요. 우주와 카우보이. 느와르 스타일의 영상과 재즈. 조합부터 굉장히 크리에이티브하죠?

음악은 플레이 버튼을 누른 순간부터 귀를 압도합니다. 트럼펫이 짧게 쏘아붙이고, 콘트라베이스가 비트를 깔고, 잠깐 퍼커션이 등장해 앞으로 심심치 않게 나타날 것을 암시하고는, 이내 브라스들의 향연이 시작됩니다. 사실 여백이 있는 노래들을 좋아하는 편인데, 'Tank'는 여백이고 뭐고를 생각할 시간도 없이 3분 30초 동안 브라스들이 치고받아요. 그런데 그게 이 곡의 매력입니다. 엔딩 직전에 들리는 색소폰 솔로는, 하늘로 폭죽을 쏘아 올리는 느낌이랄까요?

〈카우보이 비밥〉의 OST는 칸노 요코라는 음악감독의 작품입니다. 블루스, 팝, 클래식부터 1940년대 스타일의 비밥 재즈까지, 스물여섯 편의 TV 시리즈에 등장하는 음악의 장르가 놀랍도록 다양한데, 그걸 한 사람이 작곡했다니 더욱 놀라울 따름입니다. 어디에나 사람 기죽게 하는 천재들은 있죠. 재즈의 주류가 아닌 일본이란 곳에서, 자신만의 컬러를 담아 주류에는 없는 매력을 뿜어내는 작업들. 그리고 그렇게 비주류가 또 다른 주류가 되는 장면은 언제나 멋지고, 변방의 크리에이터인 저 같은 이에게도 희망을 줍니다.

폭염은 끝났지만, 'Tank'를 들으면 그 여름날의 출근길이 생각나네요. 폭염이 휘두른 펀치를 되돌려주는 기분이었던 'Tank'. 뭔가에 두드려 맞은 기분이 드는 날, 다시 한번 들어봐야겠어요.

가을엔 쓸쓸하지만 따뜻한, 그레고리 포터의 'In Fashion'

전작 『생각의 기쁨』에서 엄청난 팬심을 담아 소개했던 빵모자를 쓴 재즈 보컬. 책을 읽으신 분들 중 그레고리 포터를 알게 되어 기쁘다고 말씀하시는 분들이 정말 많았습니다. 제가 포터가 아닌데도 뿌듯한 느낌은 뭘까요? 좋은 술을 추천하는 바텐더의 마음, 좋은 책을 권하는 책방 주인의 마음이 이런 걸까요?

책을 다시 펼쳐 보니, 제가 포터를 처음 만난 계절도 가을이었군요. 네. 가을엔 그레고리 포터입니다. 여름의 끝, 그 맹렬하던 더위가 언제였냐는 듯 아침저녁 공기가 선선해지면, 저는 반가우면서도 알 수 없는 쓸쓸함이 느껴지더라고요. 계절이 바뀌는 모습은 대단한 시인이 아니어도 청춘의 끝, 그

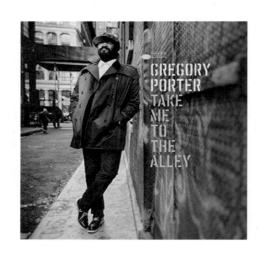

애정해 마지않는 그레고리 포터.
가을에 포터는 진리입니다.

리고 인생의 변곡점들을 떠올리게 하니까요.

그럴 때, 그 쓸쓸한 마음을 위로하는 것은 또 다른 쓸쓸함입니다. 그레고리 포터의 목소리는 쓸쓸하면서도 따뜻해요. 잘나가던 미식축구 선수였다가 어깨 부상으로 완전히 새로운 삶을 살아야 했던, 마흔에 가까운 나이에 가수로 데뷔했던 이력이 떠올라서일까요? 그의 목소리에서는 견뎌낸 자의 단단함, 그리고 단단한 자의 여유로움이 느껴집니다.

가을의 초입에 제가 듣는 곡은 'In Fashion'입니다. 이 곡은 포터의 목소리도 목소리이지만, 그 곁을 함께 걷듯이 등장하는 피아노가 정말 좋아요. 둔. 둔. 둔. 이렇게 곡 내내 피아노가 포터의 목소리에 보조를 맞춰 따라 다닙니다. 목소리와 피아노가 함께 같은 방향을 보고 걸어가면서 이야기를 나누는 느낌이에요. 수다스럽지 않지만, 그렇다고 침묵이 부담스럽지도 않은 대화입니다. 정말 좋은 친구와의 대화가 그런 것처럼요.

눈 내리는 겨울 고속도로에선
듀크 조던의 'No Problem'

미국의 재즈 피아니스트, 듀크 조던은 전설적인 색소폰

연주자 찰리 파커가 이끌던 밴드의 피아노 주자였어요. 누리던 부와 인기는 파커의 사망과 함께 사라지고, 본인 또한 마약 중독과 개인적인 아픔—이혼—으로 주저앉을 뻔하다가, 덴마크로 건너가 심기일전하여 낸 앨범으로 큰 사랑을 받은 음악가입니다. 그의 〈Flight to Denmark〉 앨범을 들어보시면, 그가 왜 특별히 일본과 한국에서 사랑을 받는지 알 수 있어요. 멜로디 라인이 굉장히 아름다운데, 그걸 단정하게 꾹꾹 눌러서 연주합니다. 차갑고 단정하며, 강요하지 않습니다.

이 곡은 오랜 동료인 김민철 CD의 소개를 통해 알게 된 뒤로 매년 겨울마다 듣고 있습니다. 우연히 눈 오는 고속도로를 운전하다가 이 곡을 틀었는데, 너무나 잘 어울려서 탄성을 질렀어요. 기회가 된다면 맨 처음 피아노가 들어올 때를 들어보세요. 어두운 하늘에서 첫 눈송이가 떨어지는 것처럼, 또는 얼음이 툭 깨지는 것처럼 피아노 소리가 들어와요. 우연인지 앨범 커버도 온통 하얀 눈밭에 선 듀크 조던의 모습입니다.

그가 찰리 파커의 피아노 주자를 그만두고 홀로 서야 했을 때는 한창 속주가 사랑받던 시대였다고 해요. 멜로디에는 강하지만 속주에 문제가 있던 그는 미국 재즈 신에서 외면받게 됩니다. 그러다 덴마크로 건너가 결국은 자기 스타일의 연주로 다시 일어선 거죠. 그가 그다움을 버리지 않고 깊이 파고

얼음과 눈으로 선율을 만든다면 꼭 이런 느낌일 것 같습니다.
듀크 조던의 <Flight to Denmark> 앨범.

든 덕분에, 저 멀리 아시아의 저 같은 사람도 그의 음악을 사랑하게 되었네요. 내리는 눈이 배경이 될 수 있는 장소라면, 꼭 한번 들어보시길.

봄 출근길엔, 핑크 마티니의 'Hey Eugene'

봄에는 역시 버스커 버스커의 '벚꽃 엔딩'이죠. '그대여~'를 다섯 번 부르고 시작해 다섯 번 부르며 끝나는 이 노래. '벚꽃 엔딩'과 봄의 조합을 이길 수 있는 곡이 언젠가는 나타날까요? 혹독한 겨울이 끝나고 봄다운 날씨가 막 시작되던 어느 날이었습니다. 점심시간이라 사람들은 거리에 쏟아져 나오는데, 건널목 앞 가게에서 마침 '벚꽃 엔딩'을 틀어놓았어요. 신호를 기다리는 사람들 사이로 그 유명한 '봄바람 휘날리며~' 부분이 흐르자 몇몇 사람들이 목을 꺾으며 따라 부르더군요. (네. 특히 '며~' 부분은 목을 꺾어야 따라 부를 수 있는 고난이도 구간이죠.) 이건 마치 야간 자율학습 시간에 이어폰을 끼고 노래를 듣다가 흥을 이기지 못해 소리를 내어 노래를 부르는 상황과 비슷했어요. 흥이 뇌를 이기는 거죠. 잠시 후 머쓱한 사람

핑크 마티니에 입문하고 싶으시면
<Hey Eugene>이나 <Sympathique> 앨범을 추천합니다.

들의 웃음이 터졌고, 다들 묘한 동질감을 느낀 채 미소를 띠며 파란불 신호를 기다렸던 기억이 납니다. 다들 마음속으로 따라 부르고 있지 않았을까요?

저 또한 '벚꽃 엔딩'을 들으며 봄을 만납니다. 하지만 온 국민이 노래 한 곡만 정해놓고 듣는 건 봄에 대한 예의가 아닌 것 같아 나름의 봄 축가를 따로 준비하곤 해요. 핑크 마티니의 'Hey Eugene'이란 곡입니다. 핑크 마티니는 제가 가장 애정하는 밴드 중 하나입니다. 열두 명의 멤버로 구성된 작은 오케스트라급 재즈 밴드예요. 몇 곡 듣다 보면, '이 사람들의 정체가 뭐지?' 싶을 정도로 다양한 장르를 다룹니다. 메인 보컬 차이나 포베스(China Forbes)는 '한 장의 콘서트 티켓으로 세계 여행을 하는 것과 같다'라고 자신들의 음악을 설명했다고 하네요.

'Hey Eugene'은 굉장히 경쾌하고 사랑스러운 곡입니다. 사실 곡 내용 자체는 좀 특이합니다. 보컬 차이나 포베스가 직접 겪은 일을 가사로 썼다고 해요. '며칠 전 파티에서 유진이란 이름의 남자를 만났고, 함께 춤을 추고, 키스하고(아마도 원 나잇 스탠드를 치르고), 냅킨에 전화번호를 적어간 그는, 일요일에 전화한다고 해놓고 왜 전화가 없느냐. 이 노래를 듣고 뭐 떠오르는 거 없느냐'라는 내용을 굉장히 쿨하게 이야기합니다. 이 곡도 꼭 한번 들어보시길. 시작할 때 들리는 '디리링' 하는 콘트라베이스의 선율이 정말 매력적이에요.

꿈이 뭐냐는 질문을 받으면 다들 어떤 장면을 떠올리시나요? 저에겐 막연히 마음속으로 상상하는 장면이 하나 있습니다. 휴양지. 바다를 바라보는 수영장. 해는 저물고 부드러운 바람은 불어오는데 제 손엔 막 도착한 맥주의 '첫 잔'이 들려 있어요. 때마침 재즈 밴드의 연주가 시작되고, 그들이 진짜 핑크 마티니라면, 나는 얼마나 행복할까. 휴양지 수영장에 핑크 마티니를 초대하려면 빌 게이츠나 마크 저커버그 정도는 되어야겠지만, 뭐 어떤가요. 꿈에 돈이 들지는 않으니까요. 빌 게이츠처럼 버는 건 이번 생에 틀렸으니, 봄에는 핑크 마티니 음악이나 실컷 들어야겠습니다.

택시 단상

"누구나, 흘러간 노래가 된다."

촬영장 택시

촬영장 가는 길, 저는 주로 택시를 탑니다. 회사에 차를 가지고 다니지 않거든요. 택시를 타면, 기사님들은 열이면 열, 라디오를 틀어놓고 계십니다. 운전자들을 위한 최적의 미디어는 역시 라디오죠. 운전을 하다 보면 가장 자유로운 신체 기관은 '귀'이니까요.

기사님들이 틀고 있는 라디오를 함께 듣다 보면, '이런 방송이 있었나?' 싶을 때가 많습니다. 저라면 절대 틀지 않았을 채널, 듣지 않았을 음악들도 정말 많아요. 회사에서 촬영 장까지는 대체로 한 시간 남짓. 그러니 강제로 남의 취향에 나를 맡긴 채 한 시간을 보내는 거죠. 그런데 신기하게도, 이 시간이 꽤 괜찮은 생각의 단초들을 던져줄 때가 많습니다. 아마 제가 평소에 경험하거나 선택하지 않는 것들과 강제로 만나기 때문인 것 같습니다.

8월의 어느 날, 일산으로 촬영을 가는 길이었어요. 택시 안에선 90년대 음악들이 끊임없이 흘러나왔습니다. 너무 일관적인 90년대이길래 따로 CD를 구워서 들으시나 싶어 살펴 보니 라디오 채널이었어요. 언뜻 기사님 옆모습을 보니 연배는 꽤 있어 보이시는데 말이죠. 어쨌거나 그 시절 노래를 연이어 들으니 기분이 묘합니다. 노래는 현존하는 최고의 타임머신이죠. 금방 그 시절의 제가 떠오릅니다. 스무 살이던 내가, 두 배 이상 나이 든 지금의 나를 상상할 수 있었을까? 서른이란 숫자만 들어도 '아저씨' 같은 명사, '타협하다' 같은 동사를 떠올리던 그 시절의 저에게, 마흔은 영원히 오지 않았을 것 같은 숫자였습니다. 타협하는 아저씨가 된 지 오래인 제 곁으로 음악은 흐르고, 마음속으로 따라 부르던 몇 곡이 끝나고, 자유로를 빠져나갈 때쯤 새 노래가 나옵니다.

우리 모두 사랑하자. 우리의 젊은 날을 위하여

어, 아는 노래네요. 귀를 기울여봅니다.

우리 모두 춤을 추자. 가벼운 이 스텝 속에 그대와 함께 춤을

잼(ZAM)이란 그룹이 1992년에 발표한 '우리 모두 사랑하자'군요. 그런데 이상합니다. 고등학생이던 당시의 저는 이 곡을 정말 멋지다고 생각했는데, 세월이 흘러 다시 들어보니 녹음의 퀄리티도, 보컬의 완성도도, 제가 기억하던 것과 많이 다릅니다. 중간에 5초 정도 나오다가 멈추는 랩도, 느닷없이 들어오는 기타 연주도 영 어색해요. 이상하죠. 그땐 분명 최고로 쿨한 곡이었는데.

문득 이런 생각이 들었어요. '누구나, 흘러간 노래가 된다.' 어떤 청춘도 기성이 됩니다. 누구나 흘러간 노래가 됩니다. 그날 잼의 노래를 들은 뒤로는 그런 생각을 자주 하게 됐습니다. 지금, 멋지고 대단한 것들 중 시간의 시험을 이길 것들이 몇이나 될까?

반대로, 이런 의문도 듭니다. 유재하의 노래는 왜 지금 들어도 아름다울까? 같은 댄스곡이지만 듀스의 노래는 왜 덜

촌스러울까? 왜 산울림은 고전이라 불릴까? 왜 어떤 노래는 유행이 지난 곡이란 말을 듣고, 어떤 노래는 고전이라는 찬사를 받을까?

답은 저도 모르겠습니다. 다만 금방 질리는 것들의 특징들은 알겠습니다. 유행 위에 올라탈수록 금방 흘러간 유행이 됩니다. 2002년 월드컵 때를 기억합니다. 서점에 가보니 서가가 온통 히딩크이더군요. '히딩크 리더십', '히딩크 유머', '경영자 히딩크' 등 다양한 키워드로 히딩크에 대한 책들이 출간되어 있었습니다. 압권은 『신화를 창조하는 히딩크 4강영어』라는 책이었죠. (찾아보니, 지금은 절판되었습니다.) 당시엔 히딩크라는 단어가 돈을 벌게 해주었겠지만, 지금 저 책을 찾아보는 사람이 몇 명이나 될까요?

음악도 그렇습니다. 음악 외적인 것으로 사랑받았던 음악은, 그 '외적인 것'이 사라짐과 함께 초라해집니다. 결국은, 무엇이든 그것이 해당하는 분야의 본질에 얼마나 닿아 있느냐가 중요한 게 아닐까요? 이런저런 생각 끝에, 요즘은 그날 떠오른 문장을 조금 고쳐보는 중입니다.

'누구나 흘러간 노래가 된다. 하지만 어떤 노래는 흘러간 뒤에도 멋지다.'

영원히 새로울 수 없다면, 기왕이면 오래 들어도 질리지 않는 노래를 목표로 하는 편이 낫지 않을까? 훗날 나는 어떤 사람일까? 흘러간 유행 쪽일까, 시간이 흘러도 질리지 않는 쪽일까? 오늘도 냉혹한 질문을 던집니다. 부디 훗날의 제가, 만족스러운 대답을 할 수 있기를.

야근 택시

오늘도 택시를 탑니다. 이름하여 '야근 택시'. 오늘따라 하루가 길었고, 내일 아침 아이디어 회의를 위해 나는 모든 것을 짜냈고, 그저 집에 돌아가 씻고 자고 싶은 마음뿐입니다. 거리에 차도 많지 않은 시각. 마침 회사 앞 건널목에 택시 한 대가 서 있네요. 고르고 말고 할 것도 없이 일단 탄 뒤 행선지를 말합니다. 몸을 시트에 파묻고, 택시는 출발하고, 그제서야 택시 안을 살펴보다 드는 생각,

'내릴까?'

택시 기사님의 팔뚝이 예사롭지 않습니다. 왕년에 좀 노셨음이 분명합니다. 덩치 큰 민머리 스타일의 기사님. 단청처럼 붉고 푸른 팔뚝 사이로, 꽤 좋아 보이는 카오디오 앰프가

보입니다. 그러고 보니 택시 안도 완전히 뜯어고치셨네요. 폭신해 보이는 가죽 소재 천장과 LED 조명. 기사님은 출발과 동시에 오디오의 플레이 버튼을 누릅니다.

무섭습니다. 하지만 차는 금방 한남대교 위에 오르고, 이제는 뛰어내릴 수도 없네요. 그런데 스피커를 통해 들리는 음악이 꽤 괜찮습니다. 장비가 좋아서였을까요? 자꾸 음악에 귀를 기울이게 됩니다. 어차피 이렇게 된 것, 즐겨보기로 합니다. 음악을 찾아주는 앱을 켜서 곡명을 찾아보니 케이 시 앤 조조(K-Ci & JoJo)의 'You Bring Me Up'. 변심한 여자 친구를 스웨그 넘치게 원망하는 댄스곡입니다.

비트감 넘치는 곡과 총알택시는 강변북로 위에서 앞서거니 뒤서거니 했고, 덕분에 저는 생각보다 빨리 집에 도착했습니다. 'You Bring Me Up' 같은 곡은 평소에 제가 찾아 듣는 스타일은 아닌데, 그날의 독특한 분위기 때문인지 귀에 딱딱 꽂히더라고요. 들으면서 저도 모르게 고개를 까딱까딱거렸습니다. 음악으로 하나 된 기사 아저씨와 승객이, 내릴 때 주먹 하이파이브를 하는 영화 같은 일은 물론 일어나지 않았어요. 아저씨는 묵묵히 요금을 받고, 제가 택시에서 내리자 잠시 멈춰 서서 다른 음악을 튼 뒤 이동하시더군요.

자기가 일하는 공간을 남들 눈치 안 보고 자기 스타일로

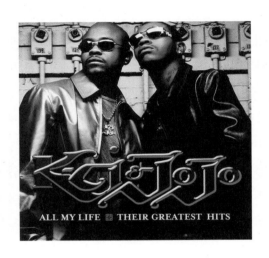

시간이 되신다면 케이 시 앤 조조의 'You Bring Me Up'을 들어보세요.
그날 제 옆자리에 타셨다면 딱 저 앨범 커버가 뿜어내는 느낌을
느끼셨을 겁니다.

꾸미고, 자기가 좋아하는 음악을 잔뜩 틀면서 일하는 모습도 흥미로웠습니다. 질주하는 심야택시에서 듣게 된 스웨그 넘치는 댄스 뮤직이라니. 그 경험이 너무 강렬해서인지 이 곡은 들을 때마다 그 밤이 떠오릅니다. 온 신경을 곤두세운 상태에서 들리는 고음질 댄스 뮤직. 나의 '평소'와 너무 달라서, 더 강렬하게 기억되나 봅니다. 강제로 남의 취향에 나를 맡겨야 하는 택시라는 공간이 준 경험이겠죠.

가끔은, 저를 내려주고 아저씨가 틀었던 다음 곡이 궁금해집니다. 아저씨, 다음 노래는 뭐였나요? 가끔 'You Bring Me Up'을 듣는데, 그날 그 밤처럼 좋지는 않네요. 그래도 우리, 다시 만나진 말아요.

오래전 그 노래의
소환술

"노래는, 현존하는 최고의 타임머신이다."

시곗바늘 소리 너무 크게 들려와
한참을 멍하니 창밖만 바라봐

얼마 만일까요? 롤러코스터의 '어느 하루'를 다시 듣게
된 것이. 모든 것의 시작은 창고 정리였습니다. 이사를 앞두
고, 몇 년째 창고에 처박혀 있던 하얀 종이 박스를 열어보게
된 거죠. 분명 저 박스를 닫을 때는, 당장 내게 공간이 없을
뿐 내 인생에서 결코 떼어놓을 수 없는 소중한 것들을 눈물이
란 이름의 테이프로 봉했음이 분명한데, 지금은 저 박스의 정

체가 무엇인지 궁금할 뿐입니다. 먼지를 털고, 박스를 거실로 옮깁니다. 제법 묵직하네요. 그리고 박스 안에는,

오래전 듣고 또 들었던 CD와 카세트테이프들이 빽빽하게 들어 있습니다.

사실 카세트테이프는 이제 듣고 싶어도 들을 도구가 없습니다. 저 조그만 플라스틱 케이스에 몇 겹이나 접혀 들어 있던 종이를 펼쳐 가사와, 가수의 사진과, 깨알 같은 '스페셜 땡스 투(Special Thanks To)'를 보고 또 보던 기억이 납니다. CD는 사정이 훨씬 낫죠. 마음만 먹으면 데스크톱 PC나 DVD 플레이어, 카오디오를 통해 들을 수 있으니까요. 상자에서 CD를 한 장씩 꺼낼 때마다, 그것에 얽힌 사연과 기억들이 줄줄이 엮여 올라옵니다. 선물 받은 게리 무어(Gary Moore) CD. 블루스를 제대로 들어본 건 그때가 처음이었는데. 친구가 소개해준 스매싱 펌킨스. 빌리 코건(Billy Corgan)의 코맹맹이 소리가 그렇게 좋았는데. 클래식 좋아하시던 아버지의 책장에서 들고 온 베토벤 교향곡 제5번. 지적 허영심을 채우고 싶은 마음에 들고 와놓고 몇 번 듣지도 못했네. 어느새 창고 정리는 뒷전이 되고, 저는 전인미답의 유적지에 도착한 고고학자처럼

숨을 몰아쉬며 CD 유물 발굴에 돌입합니다.

> 라디오에선 슬픈 사랑의 노래
> 내 얘기랑 똑같아 나를 웃음 짓게 해

그러다 집어 든 CD는 롤러코스터의 2집 앨범, 〈일상다반사〉입니다. 롤러코스터는 보컬 조원선, 베이스 지누, 기타 이상순으로 구성된 3인조 그룹입니다. 요즘 친구들에게는 '이효리 남편'이자 민박집 사장으로 더 잘 알려져 있을 그 이상순 씨가 이 밴드의 기타리스트이죠. 이 앨범에서 사람들에게 가장 사랑받았던 노래는 아마 'Love Virus'나 '힘을 내요 미스터 김'이었겠지만, 제가 가장 좋아했던 노래는 '어느 하루'입니다.

그렇게 자주 들었던 노래를 머릿속에서 완전히 지우고 살았다는 것이 머쓱하더군요. 롤러코스터 멤버가 저를 알 리도 없는데 괜히 미안한 마음이 들어 서둘러 플레이 버튼을 누릅니다. 이상순의 쓸쓸한 기타 솔로가 시작되고, 노래는 너무나 간단하게 그 시절의 나를 소환합니다. 그저 곡에 귀를 기울인 것뿐인데, '한참 취업을 준비하던 시절의 나'의 옆자리에 앉아 있는 것 같아요. 당시의 막막했던 공기와, 아무것도 정해져 있지 않은 이의 조바심과, 정해진 것이 없어서 오는 막연한 기대가 떠오릅니다. 당시의 나에겐 큰 투자였던, 용돈을 털어 산 미니 오디오에서 흘러나오던 그 노래와, 불을 끄면 전에 살던 이가 붙여놓은 야광 별 스티커가 반짝이던 밤의 자취방까지.

노래는 나를 가장 빨리 과거의 어느 순간으로 되돌려줍니다. 왜일까요? 왜 하필 음악일까요? 제가 뇌과학자는 아니니 과학적인 인과관계는 알 수 없고, 쌓인 경험을 통해 추측하자면 이렇습니다. 노래는 당시의 내가 존재하던 '공간'과 결합될 수 있기 때문이 아닐까? 책은 읽기에 집중하면 책이라는 세계 속으로 들어갔다 나오게 됩니다. 그래서 내가 어느 곳에서 책을 읽었는지는 음악에 비하면 확실히 기억에 덜 남는 것 같아요. 깊이 감동한 미술작품들은, 대체로 미술관이란 공간 안에서 만나게 됩니다. 하지만 음악은 좀 다르죠. 꽂혀서 듣던 음악은 그 시절, 내가 스치고 머물던 공간들의 배경음악이 됩니다. 그 음악을 듣던 날 보이던 창밖, 그 음악이 흐르던 호프집과 나의 친구들, 그 음악을 이어폰으로 들으면서 걷던 길과 그때의 마음 같은 것들이 다 연결되죠.

다만 모든 노래가 다 과거의 나를 소환하는 것은 아닐 겁니다. 나와 깊이 교감했던 노래들만 시간 여행을 가능하게 해주죠. 인생의 결정적인 순간에 들리던 노래들. 한 시절 듣고 또 듣던 노래들. 20대 중반, 서른이 된다는 알 수 없는 두려움에 자주 들었던 김광석의 '서른 즈음에'. 논산훈련소 가는 길 어머니가 운전하시던 차 안 라디오에서 흘러나오던 이현우의 '헤어진 다음 날' 같은 노래들.

때로는 이런 상상을 해봅니다. 노래는 시공간을 초월하여 존재하는 일종의 통로입니다. 우리는 그 통로에 잠깐씩 귀를 대었다가, 각자의 자리로 돌아오죠. 그러나 어느 시절 우리는 어떤 노래와 너무나 깊숙이 교감한 나머지, 그곳에 우리를 조금 남겨두고 돌아옵니다. 스티커를 떼어내도 자국이 남는 것처럼. 그래서 훗날 우리가 '그 노래'에 다시 닿으면, 통로에 여전히 남아 있는 그 시절의 나를 다시 만나게 되는 거죠.

나이 먹은 내가 노래 하나를 사이에 두고 어린 나와 이어져 있다는 상상은 저를 미소 짓게 합니다. 크리스토퍼 놀란 감독의 〈인터스텔라〉라는 영화가 생각나네요. 주인공 매튜 맥커너히는 시공을 초월한 어느 지점에 서게 되고, 과거의 나에게 메시지를 보낼 수 있게 되죠. 노래를 통해 연결된 어린 나에게 지금의 내가 메시지를 전할 수 있다면, 이런 말을 해주고 싶군요.

'안녕. 20대의 나. 걱정거리가 많지? 형이 진지하게 말하는데, 걱정할 시간에 맛있는 걸 하나 더 먹으렴. 여행 많이 다니고, 사람도 많이 만나보고. 내가 걱정 좀 해봐서 아는데, 세상에 걱정처럼 쓸모없는 게 없더구나.'

찰나를 위해 견디는
2분

**"살다 보면 찾아옵니다.
'졌다'의 순간들."**

여러분은 그런 경험 없으신가요? '이건 내가 졌다. 너의 단점이 분명하지만, 장점이 그 모든 것들을 덮어버리니, 나는 이제 너와 순순히 사랑에 빠지겠다'는 감정이 드는 순간들이요.

사람과 사람 사이의 감정에 어울리는 이야기이지만, 저는 음악을 들을 때도 비슷한 기분을 느낍니다. 지금부터, 저와 어떤 음악 사이에 벌어진 일들에 대해 이야기해볼게요.

낙엽이 뒹구는 가을 아침. 제 차로 아이를 어린이집에 데려다주고 돌아오는 길이었어요. 라디오에서 처음 듣는 노래가 나옵니다. 에릭 베네(Eric Benét)라는 가수가 부른 'Georgy Porgy'라는 곡이었어요. 첫인상은 단번에, '내 스타일 아닌데?'였습니다. 스마트폰으로 노래를 듣던 중이었다면 초반에 스킵 버튼을 눌렀을 게 분명했죠. 하지만 운전 중이기도 했고, 평소에 〈이현우의 음악앨범〉이란 프로그램의 선곡 센스가 제 취향에 맞는 편이라 조금 참고 듣기로 했습니다.

곡은 제가 평소 듣던 음악들에 비하면 좀 끈적끈적합니다. 장르로 치면 R&B에 가깝군요. 피아노 연주도, 코러스로 들어오는 여자 보컬들도 감정으로 꽉 차 있습니다. 아무리 봐도 가을 아침 분위기는 아니군요. 멜로디는 낯이 익습니다. (알고 보니 이 곡은 토토〔Toto〕라는 미국 밴드가 부른 'Georgy Porgy'라는 히트곡을 에릭 베네가 리메이크한 노래였어요. 토토는 80년대 초반 그래미상 7개 부문을 휩쓸며 전성기를 보낸 유명한 밴드입니다.) 꾸역꾸역 듣다가 정확히 2분이 지난 시점에서, 베이스를 제외한 모든 소리가 사라지고 10초 정도 짧은 색소폰 멜로디가 들어옵니다.

'어, 여긴 꽤 좋은데?' 싶은 마음에 노래에 계속 귀를 기울입니다. 노래에 다시 '그 색소폰 멜로디'가 들어오기를 기다리면서요. 곡이 끝나는 지점에서, 전과 똑같이 보컬을 제외한 모든 악기가 멈추더니 기다리던 그 색소폰 구간이 시작되더군요. 4분 40초 동안 딱 두 번. 저는 음악이 정말 좋으면 저도 모르게 눈을 감고 목을 살짝 꺾는 버릇이 있습니다. 운전 중이니 눈은 감을 수 없고, 고개를 10초 정도 꺾고 있었어요.

방송에서 노래 제목이 나오기를 기다려 음악 앱의 플레이리스트에 담아놓고, 다음 날 출근길에 다시 들어봅니다. 다시 들어도 곡은 제 스타일이 아닙니다. 저는 담백한 음식을 좋아하는 편인데 이 곡은 콰트로 치즈 피자에 파마산 치즈 가루를 한 번 더 뿌린 것 같아요. 그런데, 2분이 지나는 지점에서의 그 구절은 다시 들어도 좋습니다. 다시 한 번 목을 꺾는 저를 발견했어요. 수많은 단점들에도 불구하고, 딱 그 부분에 왠지 모르게 제 취향을 저격하는 포인트가 있었나 봅니다. '졌다'의 순간이 찾아온 거죠.

사실 이 곡은 딱 그 부분만 좋아해서, 다른 사람들에게 좋아한다고 말해본 적도 없습니다. 사람들이 웃을 것 같아서요. 그래도 좋은 걸 어떡하겠어요. 일단 사랑에 빠지면, 그것의 단점은 참아줄 수 있는 겁니다. 인생엔 그런 사랑이 있고 그런 우정들이 있죠.

찰나를 위해 한참을 참고 견딜 수 있는 매력 덩어리들. 한 곡만 더 소개해볼까요? 팀 하딘 트리오(Tim Hardin Trio)의 '쇼

팽: 녹턴 2번 작품번호 9-2(Chopin: Nocturne No. 2, Op. 9-2)'.
팀 하딘 트리오는 일본의 재즈 밴드입니다. 이름만 보면 '팀 하딘'이란 이름의 멤버가 분명 있을 것 같은데 그냥 가상의 이름이라네요. 검색해봐도 딱히 그들의 정체를 알려줄 기사들이 없습니다. 다만 그들이 낸 앨범들을 살펴보니, 우리가 잘 아는 클래식들을 재즈 버전으로 편곡해서 큰 기교 없이 깔끔하게 연주하는 그룹이더군요.

그들이 쇼팽의 녹턴 제2번을 재즈 버전으로 연주한 곡을 처음 들은 건 지하철 3호선을 타고 동호대교 위를 지나는 퇴근길이었어요. 그날은 회의가 유독 많았고, 정말 어쩔 수 없는 경우가 아니면 야근을 하지 않는다는 원칙을 지키기 위해 내일 아침으로 모든 일을 미뤄놓고 퇴근하는 중이었죠. 써야 할 카피도, 해야 할 판단도 모두 미루고 집으로 돌아가는 길. 복잡한 머릿속으로 쇼팽의 녹턴이 흐르는데, 시작은 우리가 알고 있는 녹턴과 똑같습니다. 너무 평범해서 귀에 전혀 들어오지 않을 정도로요.

이윽고 한 소절이 흐르고는 편곡이 바뀝니다. 재즈 버전이네요. 지하철은 이제 압구정역을 지나 옥수역으로 향합니다. 지하에서 지상으로 빠져나오는 구간 덕분에 갑자기 시야가 확 넓어지네요. 그리고 우연히도 제가 하이라이트라고 생각하는 구간―곡의 2분 10초 지점―이 시작됩니다. 차창 밖으로는 비현실적으로 새빨갛게 타고 있는 노을과, 그 빛을 안고 느리게 흐르는 한강이 보이고, 이어폰 속에선 피아노와 콘트라베이스가 치고 나가기 시작합니다. 두 악기는 서로를 배려하며 무대를 휘어잡는 사이좋은 댄서 커플 같아요. 앞서거니 뒤서거니 하지만 상대를 이기겠다는 마음 같은 건 가지고 있지 않습니다. 노을과 강과 피아노와 콘트라베이스. 아, 좋네요.

모든 요소의 '싱크'가 맞으면서 펼쳐진 동호대교 위의 그 순간이, 그날 고생한 나를 위해 누군가 선물한 장면처럼 느껴집니다. 순간 이런 생각이 드네요. '거지 같은 하루였지만, 마무리는 근사하네.' 오늘은 이 한 곡이면 됐다 싶었습니다. 몇 달이 지났지만, 그날을 기억하면 온통 그 순간만 떠오르네요. 그날 마음처럼 되지 않았던 회의는, 다음 날 써야 했던 카피에 대한 고민은, 지나고 나서 보면 딱히 내 인생에 결정적인 순간이 아니었던 거죠.

생각해보면 그때도 '졌다'의 순간이었네요. 우리에게 찾아오는 매일은 뻔하고 지루하지만, 그래도 이런 찰나들이 있어 견딜 수 있나 봅니다. 진흙 같은 일상에 박힌 찰나의 보석들. 여러분은 올해 몇 번쯤 만나셨나요?

취향도
힘이 된다

광고를 만들 때, CD는 꽤 많은 것들을 판단해야 합니다. 광고 촬영을 앞두고는 어느 스태프들과 함께 일할지를 판단합니다. 촬영장에서는 감독에게 모든 것을 맡길지, 아니면 적극적으로 개입할지를 미리 판단해둬야 합니다. 촬영 중에는 지금 카메라에 찍히고 있는 장면에 문제는 없는지, 연기하고 있는 모델의 감정이 내가 광고하는 브랜드의 톤과 맞는지도 신경 씁니다. 광고를 다 찍고 나서 편집실에서는 열심히 찍은 컷들 중 어느 장면을 쓸지를 스태프들과 함께 판단합니다. 그 뒤 녹음실에서는 광고의 배경음악(Back Ground Music, 이하

BGM)으로는 뭐가 좋을지, 어떤 성우의 목소리가 필요할지, 성우는 어떤 부분에서 감정을 실어야 하는지를 판단합니다.

한 편의 광고는 결국 수많은 판단들이 모여 이루어집니다. 그러니 그 판단의 책임을 지는 CD—그리고 그 CD가 의지하는 스태프들—의 취향이 그대로 드러나게 됩니다. 그 중에서도 음악은 창작자들의 취향을 가장 선명하게 보여주는 요소 같아요. 저는 영화를 보면서도 비슷한 느낌을 받은 적이 있습니다. 개인적으로 일본의 애니메이션 스튜디오 '지브리 스튜디오'의 작품들을 좋아하는데요. 〈센과 치히로의 행방불명〉이나 〈모노노케 히메〉, 〈붉은 돼지〉, 〈하울의 움직이는 성〉 같은 작품들의 영화음악들은 개별적으로 들어보면 굉장히 아름답고 매력적이지만, 전체적으로는 묘하게 비슷하다는 인상을 줍니다. 그건 미야자키 하야오 감독이 대부분의 영화음악을 작곡가 히사이시 조와 작업했기 때문이 아닐까 해요. 그의 취향과 영화에 담긴 세계관을 가장 잘 담아내는 작곡가가 바로 히사이시 조인 거겠죠.

미야자키 하야오 감독에 비할 바는 아니지만, 저도 광고음악을 고르다 보면 '아, 내가 어떤 패턴의 곡들을 좋아하는구나'라고 느끼는 순간이 많습니다. 저는 음악을 편식하는 편은 아니지만 평소에 브라스나 베이스의 멜로디가 센 곡들이 흘러나오면 늘 찾아서 플레이리스트에 넣어둬요. 그게 제 취향인 것 같습니다. 악기 편성이 화려한 노래들도 종종 듣지만, 오랫동안 질리지 않고 듣는 노래들은 기타 솔로나 피아노 솔로가 아름다운 좀 미니멀한 곡들이네요. 그게 제 취향일 겁니다. 신기하게도 제가 고르는 광고 음악들도 제 취향을 반영하는 경우가 많습니다.

시디즈의 '링고' 의자 광고를 만들 때였어요. 카피도, 비주얼도 꽤 잘 나와서 BGM에도 욕심이 났습니다. 녹음실에서 굉장히 많은 BGM 후보들을 들어봤는데, 영 성에 차지 않았어요. 결국 곡을 직접 제작하게 됩니다. 초반에 만들어진 곡들은 브라스가 메인인 굉장히 화려하고 웅장한 곡들이었는데, 결국 제가 선택한 곡은 마림바라는 악기가 끌어가는 미니멀한 구성이었어요. 그게 광고의 메인 메시지를 잘 들리게 해준다는 판단 때문이었지만, 어찌 보면 결국 제 평소의 음악 취향도 반영된 결과겠죠.

e편한세상 광고 캠페인을 만들 때도 기억납니다. 캠페인 전체를 꿰뚫는 음악이 필요했는데, 도저히 기존의 곡들로는 답이 나오지 않았어요. 결국 곡을 만들기로 결정하고 나서도 한동안 난항이 거듭됐습니다. 그러다 당시 스태프들을 이끌던 박웅현 CD님이 녹음실에서, 평소에 즐겨 듣던 재즈 보

컬 니나 시몬(Nina Simone)을 예로 드셨어요. 'My Baby Just Cares For Me'라는 곡이 있는데, 거기 나오는 베이스 솔로 같은 느낌이 어떻겠냐고요. 며칠 후 녹음실에서 그 베이스 솔로를 모티브로 한 BGM을 들려주는데, 우리가 만든 광고물에 정말 딱 붙더라고요. 그날 들었던 음악은 그 후 2년 반 동안 '진심이 짓는다' 캠페인을 끌고 가는 메인 BGM이 되었습니다. 창의력이란 게 대단한 게 아니라, 그저 누군가의 '평소'에서 시작될 수 있음을 몸으로 느끼게 된 순간이었습니다.

음악을 줍는
계통 없는 습관

"좋은 음악은 의외로,
음악 밖에서 발견된다."

비틀스의 'In My Life'라는 노래를 듣기 시작한 건, 은희경 작가의 소설을 읽은 뒤였습니다. 대학 시절 읽은 은희경의 소설집 『행복한 사람은 시계를 보지 않는다』 속 마지막 단편 제목이 바로 「인 마이 라이프」였거든요. 소설 속 주인공들은 신촌의 (실존하지 않는) 허름한 카페 '인 마이 라이프'에 모여듭니다. 소설 속에선 한 남자가 기타를 들고 비틀스의 동명의 노래를 부르기도 하죠. 책 속의 장면들을 막연하게 그려보다가, '왠지 그래야 할 것 같아서' 음악을 찾아 들어봤어요. 그런데 그 음악이 놀라울 만큼 좋았던 겁니다.

'In My Life'는 간결하면서도 다정한 기타 솔로로 시작합니다. 존 레논의 목소리로 전해지는 가사도 좋았어요. 가사의 내용으로 미루어 추측해보면, 나이가 좀 있는 화자가 자신의 인생을 회상하는 내용입니다. 가사의 순서와 관계없이 제 나름의 방식으로 요약하면 이런 내용이에요.

나와 연인이었던 사람들, 친구들,
그들과 함께했던 장소들을 기억하네.
어느 곳은 사라졌고 어느 곳은 남아 있지.
친구들도 그래.
누군가는 죽었고 누구는 아직 살아 있어.
내 인생이란 여정 속에서 난 그들을 모두 사랑했네.
하지만 그 모든 친구들과 연인들 중에서도,
당신과 비교할 만한 사람은 없어.

저는 이 곡을 들을 때면, 연말에 좋아하는 사람들을 모아놓고 이 노래를 들려주는 상상을 합니다. 노래는 2분 27초로 아주 짧은데, 듣고 나면 가슴이 따뜻해져요. 눈을 감고 들으면 여럿의 얼굴이 스쳐 지나갑니다.

소설을 읽다가 음악을 줍는 것은 생각보다 굉장히 짜릿

한 경험이었습니다. 소설은 평소의 나라면 듣지 않았을 노래들을 소개해주었습니다. 게다가 노래를 들을 때마다 그 소설을 읽던 나와, 그 소설이 내뿜던 분위기가 떠올랐어요. 흥미롭게도, 내가 좋아하는 작가가 소설 속에 집어넣은 음악이라면 내 취향에 맞을 확률도 높았습니다.

'소설 속 노래 줍기'는 그렇게 시작되었습니다.

작가 무라카미 하루키는 재즈를 좋아해서, 작가로 데뷔하기 전에 도쿄에서 '피터 캣'이라는 조그만 재즈 바를 운영했던 걸로도 유명합니다. 그가 작품 속에 집어넣는 음악은 언제나 꽤 매력적으로 등장해서, 그의 소설이 새로 발표되면 소설 속 음악들이 전 세계적으로 다시 주목을 받기도 합니다. 저도 하루키의 소설에 등장하는 음악은 꼭 한 번씩 찾아 듣곤 해요. 최근에는 『기사단장 죽이기』라는 소설을 읽었습니다. 초반에 주인공이 자동차 안에서 'MJQ의 CD를 튼다'는 대목이 나오길래 궁금해서 찾아보니 MJQ는 '맨해튼 재즈 퀸텟(Manhattan Jazz Quintet)'의 약자더군요. 주인공이 듣던 앨범은 제가 이용하는 음악 앱에서는 검색되지 않았습니다. 어떤 뮤지션의 음악에 입문할 때 (특히, 이 아티스트의 곡을 들어는 봐야겠는데 어떤 곡을 먼저 들을지 감이 잡히지 않을 때) 제가 즐겨 쓰는 방식이 있습니다. 일단 그 뮤지션—여기에서는 맨해튼 재즈 퀸텟—의 음악을 검색해서 '인기순'으로 배열하고, 제목을 빠르게 훑어봅니다. 그리고 가장 인기 있는 곡 하나, 인기와 상관없이 제목이 내 취향인 곡 두 곡, 그리고 무작위로 두 곡 정도를 플레이리스트에 넣어두고 오며 가며 들어봅니다. 사람들이 많이 사랑하는 노래라면—내 취향과는 상관없이—분명 어떤 매력이 있다는 게 제 오랜 생각이고요. 한 아티스트의 곡을 다섯 개 정도 들어보면 그의 스타일이 어렴풋이 잡히기 때문입니다.

　　맨해튼 재즈 퀸텟의 'Take Five'와 'Black Orpheus'는 그렇게 제게 찾아온 곡입니다. 'Take Five'는 원래부터 좋아하던 곡인데, 맨해튼 재즈 퀸텟의 'Take Five'는 그전까지 듣던 'Take Five'와는 전혀 달랐어요. 이 곡을 들으면 전 항상 항구를 떠나 이제 막 대양으로 나아가기 시작하는 급할 것 없는 요트가 생각납니다. 선장은 노련해요. 어찌 됐건 목표점까지 가게 될 것을 알고 있고, 그래서 눈앞의 파도 같은 건 별로 신경 쓰지 않습니다. 베이스가 러닝타임 내내 중심을 잡고, 트럼펫, 색소폰, 드럼이 한 번씩 천천히 치고 나와 기량을 뽐내고 원래 자리로 돌아갑니다. 러닝타임이 10분이나 되는 대곡이라서 처음부터 끝까지 듣기가 쉽지는 않지만, 여유가 생긴

다면 볼륨을 키우고 초반 2분 정도까지라도 들어보세요. (사실 제 생각에 이 곡의 가장 매력적인 부분은 초반 2분, 그리고 흩어져서 연주하던 각 파트들이 다시 모여 메인 멜로디를 연주하는 마지막 1분 30초예요.) 제가 들어본 가장 여유로운 'Take Five'입니다.

'Black Orpheus'는 정반대의 곡입니다. 처음부터 꽤 익숙한 멜로디가 들리고, 트럼펫과 색소폰이 달리기 시작해서, 그 스피드 그대로 끝까지 몰고 갑니다. 베이스, 드럼, 색소폰, 트럼펫이 모두 달리는데, 노련하게 서로를 배려하면서 달려서 누구 하나 튀지 않지만, 전체의 힘은 상당합니다. 팀워크가 잘 조율된 팀이 일하는 모습 같아요. 거슬리는 부분이 없어서 매끄럽고, 그래서 7분 39초라는 러닝타임이 금방 지나갑니다.

때론 소설이 아닌 영화에서 음악을 줍기도 합니다. 3월의 봄이 우리에게 기적 같은 장면들을 선물하고, 어느새 그 모든 것들이 당연한 것처럼 느껴지는 5월. 나른한 초여름이 시작되면 듣는 노래가 있어요. 이브 몽탕(Yves Montand)이 부른 'Le Temps Des Cerises'라는 곡입니다. '체리가 익어갈 무렵'이란 뜻의 이 곡은, 미야자키 하야오 감독의 명작 〈붉은 돼지〉를 보다가 듣고 반해서 찾아보게 되었어요. 곡은 영화의 시작부터 등장합니다. 영화의 첫 장면에서 주인공('포르코 롯소'라는 이름의 파일럿이자 돼지)이 켠 라디오에서 흘러나오는 노래도, 호텔 아드리아나의 마담 지나가 카페 손님들 앞에서 부르는 노래도 이 곡이에요. 여주인공이 피아노 앞에서 노래를 부르고, 잠시 후 그 곡이 노을 속을 날아가는 쌍엽기를 배경으로 흐르는데 굉장히 아름답습니다. '카토 토키코'라는, 마담 지나 역의 일본인 성우가 부르는 원곡도 아름답지만, 미야자키 하야오의 작품 속에 등장하는 노래들은 저작권 문제 때문인지 좀처럼 음악 앱에서 듣기가 쉽지 않았어요. 그래서 스마트폰에 담아두고 들을 다른 버전을 찾아보게 되었습니다.

원곡 'Le Temps Des Cerises'는 프랑스에서 가장 유명한 샹송 중의 하나라고 합니다. 그래서인지 부른 이도 많고, 버전도 많았습니다. 그러다 우연히 남자 가수 이브 몽탕이 부른 버전을 들어봤는데, 애니메이션에서 듣던 곡과는 또 다른 매력이 있었어요. 가사를 제 나름의 방식으로 요약하면 이렇습니다.

새들이 흥겹게 노래하고
사랑하는 사람들의 가슴이 뜨거워지는
체리가 익어갈 무렵
그 시기는 짧고
사랑의 괴로움은 늘 고통스럽지만

나는 언제까지나 체리가 익을 무렵을 사랑하네
마음속 그 추억과 함께

저는 프랑스어를 몰라 가사의 뜻은 찾아보고서야 알았지만, 그 뜻을 모를 때에도 저 감정은 노래를 듣는 내내 제게 전달되었어요. 신기한 일이죠. 쓸쓸하지만 따뜻한, 알 수 없는 위안을 주는 이 곡은 한국의 버찌가 익어가는 계절에도 제가 종종 꺼내 듣는 노래가 되었습니다.

음악 밖에서 음악을 찾는 것. 책이나 영화 같은 미디어에서 음악을 줍는 것은 늘 흥미로웠고, 예상 밖의 수확을 거뒀습니다. 제가 가장 좋아하는 뮤지션 중 하나인 그레고리 포터는—앞서 『생각의 기쁨』에서 소개한 것처럼—자동차 잡지를 읽다가 만났습니다. 가을이면 가끔 듣는 성시경의 '바람, 그대'라는 노래는 남성지에 실린 성시경의 인터뷰 기사를 읽다가, 기자가 개인적으로 반한 노래라고 소개하는 글을 읽고는 바로 플레이리스트 안에 넣고 듣기 시작했어요. 매번 똑같은 재생 목록이 지겨울 때, 저는 가끔 음악 밖을 기웃거립니다. 좋은 음악은 의외로, 음악 밖에서 발견됩니다.

응원받고 싶은 날엔,
라이브 앨범

**"함성 소리를 들으면,
난 혼자가 아니야."**

어느 날 무심코 인스타그램을 열었다가, 그룹 '봄여름가을겨울'의 드러머 전태관 씨(1962~2018)가 위독하다는 소식을 접했습니다. 글을 올린 지인은 하루 종일 봄여름가을겨울의 음악을 듣고 있는 중이라 했습니다. 한때 정말 좋아했지만 시간의 흐름과 함께 거짓말처럼 잊고 사는 것들이 있습니다. 제겐 봄여름가을겨울의 음악이 그랬네요. 사랑했던, 하지만 잊고 있었던 존재의 일부가 '정말' 사라진다고 생각하니, 내 청춘의 한 시절도 그렇게 사라질 것만 같아 다급하게 이어폰을 꼈습니다. 음악 앱에 봄여름가을겨울이란 이름을 친 뒤 뜨는 노래 제목들을 보니 눈물이 핑 돕니다. 마치 한참을 열어보지 않았던 서랍이 열린 듯해요. 나의 한 시절도 그대로 열립니다. 서랍 속은 달라진 게 하나도 없습니다. 열어보는 사람만 변해 있네요.

이 밴드의 이름을 들으면 많은 분들은 '어떤 이의 꿈'이나 'Bravo My Life!' 같은 곡을 떠올리겠지만, 제가 많이 좋아했던 곡은 '사람들은 모두 변하나 봐'나 '언제나 겨울', '열일곱 스물넷', '외롭지만 혼자 걸을 수 있어' 같은 노래였어요. 제가 무려 10대일 때 봄여름가을겨울의 노래를 처음 들었으니 그럴 만하죠. 그 시절엔 남들이 다 좋아하는 것보다, 나만 좋아하는 어떤 것을 더 멋지다고 생각하니까요. 고등학교에 다닐 때 제 방 침대 머리맡엔 시험을 잘 봐서 부모님에게서 쟁취해낸 오디오가 있었습니다. 누구에게나, '이 노래는 나와 너무나 깊게 교감해서, 내 한 시절의 일부와도 같아'라고 할 만한 곡이 있을 텐데, 제 방 침대 위 오디오에서 흘러나오던 많은 노래들이 제겐 그런 곡으로 남아 있어요. 봄여름가을겨울의 〈1991년 라이브 앨범〉도 그 중 하나였죠. 라이브 앨범에서만 느낄 수 있는 특유의 활기가 좋았어요.

봄여름가을겨울은 김종진 씨가 보컬과 기타를 맡고 전태관 씨가 드럼을 맡은 투 맨 밴드로, 공연을 할 때면 필요한 키보드나 베이스기타 등의 세션들을 부르는 구조입니다. 두 사람이 서로를 얼마나 신뢰하는지는 콘서트에서 주고받는 눈빛만 봐도 알 수 있어요. '어떤 이의 꿈'을 부를 때, 보컬 김종진 씨는

어떤 이는 꿈을 간직하고 살고,
어떤 이는 남의 꿈을 뺏고 살며

라는 원곡을

종진이는 꿈을 간직하고 살고,
태관이는 남의 꿈을 뺏고 살며

라고 장난스럽게 바꿔 불렀고, 이 부분에서 사람들이 유독 큰소리로 함성을 지르는 부분을 저는 사랑했습니다. 나는 아무것도 아닌 지방의 고등학생이지만, 그저 라이브 앨범을 듣고 있는 것만으로도 이들이 하는 장난을 비밀스럽게 공유하는 멤버가 된 것 같았어요. 그런 '태관이'가 사라진 '종진이'는 어떤 기분으로 무대 위에 서게 될까? 나는 짐작할 수 있을까? 그 슬픔을. 그렇게 먹먹한 마음으로, '10년 전의 일기를 꺼내

는' 기분으로 봄여름가을겨울의 라이브 앨범을 다시 듣게 되었습니다.

'사람들은 모두 변하나 봐'를 들어봅니다. 이 곡의 상징과도 같은 '둔- 둔-' 베이스 간주가 시작되네요. '맞아, 이 곡이 이렇게 시작됐었지.' 단 두 음의 베이스 연주를 듣는 것만으로도 전율이 입니다. 그런데 콘서트 실황 앨범 속 청중들도 저랑 똑같았어요. '둔- 둔-' 두 음이 연주되는 순간 함성이 터집니다. '어, 저 사람들도 나랑 똑같네.' 그리고 그 순간, 저는 묘한 위안을 얻었습니다.

나는 혼자가 아니구나.

나의 취향은 나만의 것이 아니구나. 이 곡을 사랑하는 사람이 이렇게나 많았구나. 그날 저 자리에서 함성을 질렀던 사람들도 나처럼 나이 들어 각자의 자리에서 최선을 다해서 살아가고 있겠구나. 종진이 오빠, 태관이 오빠를 부르는 누나들은 나보다도 더 나이 들어 있을 텐데, 지금도 저렇게 꺄악 소리를 낼 수 있을까? (웃음) 그 사람들도 전태관 씨의 투병 소식에 먹먹해하며, 자신의 청춘 한 시절을 꺼내보고 있겠구나. 나는 혼자가 아니구나.

그리고, 곡을 다 들은 뒤에는, 알 수 없는 응원을 받은 기분이 들었어요. 라이브 앨범 레코딩은, 그 가수를 진정으로 사랑하는 사람들이 모인 장소에서 이뤄집니다. 사람들은 막 연주가 시작되는 곡에 대한 아주 작은 힌트만으로도 '나, 이 곡 알아'라는 듯 크게 소리를 지르고, 곡을 따라 부릅니다. 한 곡을 둘러싼 '사랑의 에너지'가 대단해요. 가수와 관객이 주고받는 사랑이 너무나 명백하게 느껴지죠. 사랑의 크기가 큰 만큼, 그 에너지도 듣는 이에게 쉽게 전염되는 것 같아요.

기운이 없는 날, 응원받고 싶다는 느낌이 드는 날엔 좋아하는 가수의 곡을 라이브 앨범으로 한번 들어보세요. 익숙한 노래인데도, 그 곡을 좋아하고, 따라 부르고, 간주만 듣고도 환호하는 사람들의 목소리를 듣다 보면 이상하게 힘이 납니다. 우리가 퀸(Queen)의 라이브 에이드 공연 영상을 보면서, 정규 앨범의 완벽한 레코딩에서 느끼지 못하는 묘한 감동을 느끼는 것도 어쩌면 같은 이유일지 모릅니다.

얼마 전 영혼이 탈탈 털린 듯 힘든 하루를 마치고 퇴근하다가, 시험 삼아 예전에 좋아하던 가수의 라이브 앨범을 들어봤어요. 레지나 스펙터(Regina Spektor)의 'On the Radio'라는 곡을 일부러 〈Live in London〉 앨범으로 들어봤는데, 봄여름가을겨울의 라이브 앨범을 듣던 날과 비슷한 이유로 좋았습니다. 응원을 받는 방법은 이다지도 간단한 것인지 모릅니다. 내가 혼자가 아니라는 것을 확인받는 것. 자기 최면이라 해도 뭐, 어떤가요. 그것이 음악이 내게 주는 선물이라면, 저는 기꺼이 받겠습니다.

전에 없던
해석의 마력

**"소재의 문제가 아니라
해석의 문제입니다."**

물리적으로 같은 시간이라도 어떻게 경험하느냐에 따라 그 밀도는 다릅니다. 밀도가 높은 시간을 보내는 날은 평소보다 훨씬 더 지치게 됩니다. 얼마 전이 딱 그런 날이었어요. 아침부터 중요한 판단을 해야 하는 회의가 있었고, 오후엔 네 시간 정도를 연달아 면접관이 되어야 했습니다. 주니어보드 카피라이터 부문 면접을 위해서요. 면접을 보는 것도 엄청나게 에너지를 소모하는 일이겠지만, 면접관이 되는 것도 만만치 않습니다.

하지만 한때 절박한 마음으로 카피라이터가 되고 싶었던

한 사람으로서, 그 자리가 후배들에게 얼마나 소중한지를 잘 압니다. 카피라이터 정규직을 뽑는 것은 아니지만, 카피라이터 지망생들에게는 꿈에 한 걸음 다가서는 기회인걸요. 그래서 저도 그날만큼은 최대한 집중해서 그들의 이야기를 들으려고 하는 편입니다. 집중해서 들어야 드러나거든요. 이 사람이 얼마나 이 자리를 원하는지. 어느 정도로 자신을 꾸며내서 이야기하고 있는지. 얼마나 단단하게 준비했으며, 가장 중요하게 생각하는 가치는 무엇인지.

그런 날, 하루의 밀도는 대단히 높습니다. 예정된 일정이 끝나고 나니 어느새 네 시. 다음 회의까지 한 시간 정도가 남았는데, 자리에 앉아서 인터넷을 할 힘도 없었습니다. 태풍이 목포에 상륙했다면, 바로 그 목포의 해변에 서 있는 듯한 기분이랄까요? 머릿속이 진공 상태처럼 멍했습니다. 완전한 단절이 필요했어요. 도망치듯 외투를 입고 밖으로 나가 회사 근처 카페에 들어갔습니다.

커피를 시켜놓고 한참 동안 그냥 가만히 앉아 있었습니다. 그제서야 좀 정신이 돌아오더군요. 멍하니 있는 것이 좀 어색해서 인스타그램을 열었는데, 지인이 키스 자렛(Keith Jarrett)의 'Danny Boy'를 하루 종일 듣고 있다는 포스팅이 맨 앞에 떴습니다. 때론 이런 우연이 날 위해 준비된 이벤트처럼 느껴질 때가 있죠. 기꺼이 무대를 지켜보기로 합니다. 얼른 곡을 검색해서 플레이 버튼을 눌러봅니다.

여백이 많은 연주. 'Danny Boy'의 버전이 많은 건 알고 있었지만, 원곡에 대한 키스 자렛의 해석은 머리를 비워내야 했던 제게 꼭 필요했던 그것이었네요. 누군가 나를 천천히 다 독여주며, 복잡했던 머릿속 매듭을 하나씩 풀어주는 느낌.

그날 들은 'Danny Boy'는 사실 예측 가능한 해석의 범주 내에 있었어요. 워낙 단조에 정적이고 감성적인 곡이니까요. 그런데 아주 오래전, 전혀 생각지도 못했던 '해석'에 깜짝 놀랐던 적이 있습니다.

군대에 있을 때 이야기입니다. 일요일 점심이었어요. 짬밥이 차면, 일요일 오후처럼 좋은 시간이 없죠. 아무것도 할 필요가 없고, 그저 존재하면 됩니다. TV를 켜놓고 노닥거리는데, 옆자리에서 친한 고참이 이어폰을 끼고 음악을 듣고 있네요. 입대 일자가 몇 달 차이 나지 않아 말년엔 거의 친구처럼 지내던 사이였는데, 그 친구가 메탈 음악을 굉장히 좋아했어요. "무슨 노랜데 말입니까?"라고 물어보니 "같이 들어볼래?"라며 이어폰을 내밉니다. 한쪽 이어폰에서 흘러나오는 노래는 당시 가장 뜨거웠던 랩메탈 밴드 림프 비즈킷

(Limp Bizkit)의 'Faith'라는 곡이었어요. 빌보드 차트에서 1위를 차지한 적도 있는 조지 마이클(George Michael)의 히트 넘버 'Faith'를 랩메탈 스타일로 편곡한 곡인데, 듣는 순간 그야말로 두 눈이 휘둥그레졌습니다.

원곡 'Faith'는 전형적인 팝 넘버죠. 듣다 보면 둠칫둠칫 어깨가 절로 움직입니다. 실은 이 곡도 약간의 반전으로 시작해요. 조지 마이클이 과거 웸(Wham!)이란 그룹에 있을 때 부른 히트곡 'Freedom'의 멜로디가 파이프오르간으로 연주돼요. 근엄하고 진지합니다. 그러다 갑자기 전혀 결이 다른 기타 리프가 들어오죠. 들을 때마다 그 부분이 참 좋습니다. 그런데 립프 비즈킷이 부른 'Faith'의 반전은 차원이 달라요. 온탕과 냉탕을 느껴보고 싶으시면 (그리고 메탈 음악을 아주 싫어하시는 게 아니라면), 두 곡을 함께 플레이리스트에 걸고 한번 들어보시길. 정신이 번쩍 드실 거예요. 저도 예전에 메탈을 좋아하던 짧은 기간이 있었는데, 그때 그 감정이 순식간에 살아났습니다. 사무실에서 오랜만에 듣다가 마우스 잡고 헤드뱅잉 할 뻔했어요.

'Blue Bossa' 같은 재즈 명곡은 재즈 연주자들 사이에서도 변주되지만, 펑키 디엘(Funky DL) 같은 아티스트에 의해

힙합으로 바뀌기도 해요. 'Loud Noise Of Silence'라는 곡을 들어보면 'Blue Bossa'를 전혀 다른 느낌으로 만날 수 있습니다. 명곡일수록, 사람들에게 많은 사랑을 받은 곡일수록 다양한 버전의 해석들이 존재합니다. 비틀스의 'Hey Jude', 벤이 킹(Ben E. King)의 'Stand By Me' 같은 곡들은 무수히 많은 방식으로 변주되죠. 원곡이 해석되는 다양한 방식을 지켜보는 것은 굉장한 영감을 줍니다. 특히 저는 원곡과 새로운 곡의 해석 사이에서 낙차가 크게 느껴질수록 더 감탄하게 됩니다. 어떻게 이런 생각을 했을까, 놀라면서요. 이런 희열은 저만 느끼는 건 아닌 것 같습니다. 〈나는 가수다〉나 〈불후의 명곡〉 같은 프로그램을 보면, 원곡을 전혀 다르게 해석한 곡에 관객들이 입을 떡 벌리고 환호하는 장면을 자주 마주치게 되잖아요.

원곡에 대한 완전히 새로운 해석. 그건 마치 같은 재료로 전혀 다른 요리를 만들어내는 셰프를 보는 것만 같습니다. 꽃등심이란 재료를 받아든 셰프 중 누구는 그것을 스테이크로, 누구는 토치로 살짝 익힌 후 밥 위에 얹어 초밥으로 바꾸는 것처럼 말이죠. '이걸 이렇게 만들 수도 있구나' 하는 놀라움과 영감을 주죠.

미켈란젤로는 그의 조각 작품 '죽어가는 노예상'(정식 명칭은 '교황 율리오 2세 무덤의 죽어가는 노예')을 만든 후 이렇게 말했다죠. "나는 대리석 속에 원래 존재해 있던 형상을 해방시킨 것뿐이다." 어쩌면 중요한 건, 재료보다 해석일지 모릅니다. 이 글을 읽으시는 각계각층의 리더 여러분, 회의실 책상 위에 올라온 수많은 재료들을 보며, 우리 팀은 왜 이렇게 재료가 별로일까 하지 마시고, 그걸 멋지게 해석해 요리로 바꾸는 셰프의 모습을 보여주세요. 〈냉장고를 부탁해〉라는 프로그램 보셨나요? 셰프가 아주 뛰어나면, 별 볼 일 없는 냉장고에서도 근사한 요리가 쏟아져 나옵니다. 눈치 채셨을까요? 이 글은 독자를 향한 당부 반, 이제는 저를 향한 다짐 반이겠군요.

'재료만큼 중요한 건 해석과 관점.
어느 회의실이든 놀라운 재료는 숨어 있다.'

돌아와요,
가사의 시대

**"비주얼의 시대라지만,
텍스트의 매력은 여전합니다."**

TV 채널을 돌리다가 음악 프로그램이 나오면, 자막을 보지 않고는 정확히 가사가 무슨 말인지 알아듣기 어렵습니다. 사실 자막을 봐도 어렵긴 마찬가지예요. 가사가 의미를 전달하기 위해서라기보다는 형태로, 사운드의 일부로 존재한다는 생각도 듭니다. 대세는 분명 '알 수 없는 가사의 시대'겠지만, 저는 여전히 '밀도 높은 가사의 시대'가 그립습니다. 아마도 제가 글쟁이라서겠죠. 제가 뮤지션도 아니고, 요즘의 알 수 없는 가사의 시대를 바꿀 힘도 없으니, 할 수 있는 일은 추억에 잠기는 것. 지금부터 제가 사랑하는 가사 얘기를 좀 해보려 합니다.

바람이 불어서 눈을 감았더니
내게로 달려오네 가을이
젖은 머리로 넌 어디를 다니나
코끝엔 익숙한 그대 머리 향기
_성시경, '바람, 그대' 중

가을이 오면, 아침저녁 찬 기운이 느껴질 때면 한 번쯤은
꼭 이 곡을 듣습니다. 사람에게도 첫인상이 중요한 것처럼,
곡을 만나는 과정도 훗날 그 곡을 사랑할 중요한 이유가 되는
데요. '바람, 그대'라는 곡을 처음 듣던 날은 마침 가을의 초입
이었고, 버스를 타고 출근하는 길이었어요. 광고회사는 출근
시간이 자유로운 편이라 그날은 러시아워를 지나 출근하면서
사람이 덜 붐비는 버스의 창밖을 온전히 느끼는 중이었는데,
마침 저 가사가 들리더군요.

바람이 불어서 눈을 감았더니 가을이 내게 달려온다는
가사가 강렬했습니다. 창밖을 보니 길 위의 가로수들은 절반
정도 노랗게 변해 있더군요. 정말 눈을 한 번 감아봤더니 선
선한 가을이 달려오는 것만 같았어요. 노래 속의 텍스트는 음

악이라는 매력적인 운송수단을 타고 귀에 도착해서인지 쉽게 그리고 깊게 마음속에 머물게 됩니다.

다음은 노래인지 시인지 헷갈리는 곡, 루시드폴의 '오, 사랑'입니다.

고요하게 어둠이 찾아오는
이 가을 끝에 봄의 첫날을 꿈꾸네
만 리 넘어 멀리 있는 그대가
볼 수 없어도 나는 꽃밭을 일구네
가을은 저물고 겨울은 찾아들지만
나는 봄볕을 잊지 않으리
눈발은 몰아치고 세상을 삼킬 듯이
미약한 햇빛조차 날 버려도
저 멀리 봄이 사는 곳
오. 사랑

눈을 감고 그대를 생각하면
날개가 없어도 나는 하늘을 날으네
눈을 감고 그대를 생각하면

돛대가 없어도 나는 바다를 가르네
꽃잎은 말라가고 힘찬 나무들조차
하얗게 앙상하게 변해도
들어줘 이렇게 끈질기게 선명하게
그댈 부르는 이 목소리 따라
어디선가 숨 쉬고 있을 나를 찾아
네가 틔운 싹을 보렴
오, 사랑
네가 틔운 싹을 보렴
오, 사랑

_루시드폴, '오, 사랑'

'오, 사랑'이란 노래의 가사입니다. 주인공을 둘러싼 상황은 녹록치 않은 것 같습니다. 그저 순탄한 사랑도 아닌 걸로 보이네요. 가을도 저물고 겨울이 찾아오는 듯한 현실에서 주인공은 사랑하는 사람을 생각하는 것만으로도 '날개가 없어도 하늘을 날고 돛대가 없어도 바다를 가르는' 감정의 힘으로 견뎌가는 중인가 봅니다.

'끈질지게 선명하게' 그댈 부르며, '네가 틔운 싹을 보렴'이라고 말하는 가사. 개인적으로는 너무 좋아서 필사를 할 정도였습니다. 여러분도 한번 천천히 읽어보세요. 가능하다면 루시드폴의 노래를 통해 들으시면 더 좋겠습니다. (가수 성시경이 부른 버전도 있는데, 그 곡도 또 다른 매력으로 아름답습니다.)

이적의 노래들도 아름다운 가사로 유명합니다. 제가 좋아하는 노래는 그룹 패닉 시절의 '강', '여행', 솔로앨범 2집에 수록되었던 '서쪽 숲' 같은 노래들이에요. 그 중 패닉의 2집 앨범에 숨겨진 명곡이라고 생각하는 '강'이라는 노래의 가사를 소개해드릴게요.

내 마음속 강물이 흐르네
꼭 내 나이만큼 검은 물결 굽이쳐 흐르네
긴 세월에 힘들고 지칠 때
그 강물 위로 나의 꿈들 하나둘 띄우네

설레던 내 어린 나날도 이제는
무거운 내 길 위에 더 무거운 짐들
조금씩 하나씩 나를 자꾸 잊으려 눈물을 떨구면
멀리 강물 따라 어디쯤 고여 쌓여가겠지
텅 빈 난 또 하루를 가고

내 모든 꿈들 강물에 남았네

작은 섬이 되었네

_패닉, '강' 중

　누구나 나이 들면서 꿈을 하나씩 내려놓게 되죠. 그 꿈들
이 그저 사라져버리는 게 아니라, 내 마음 속 어딘가에 고요히
쌓여 있다는 상상은 처음 듣는 순간부터 저를 사로잡았습니
다. 꼭 내 나이만큼 굽이치는 검은 물결, 그 아래 어디쯤 쌓여
있는 꿈들이라니. 살면서 어쩔 수 없이 포기해야 했던 것들을
떠올릴 때, 우리의 가슴 한 구석이 먹먹한 이유도 그 섬 때문
일까요?

　전작 『생각의 기쁨』에서 저를 소개하며 문장을 줍고, 간
직하는 습관이 있다고 말씀드렸는데, 노래도 문장을 줍는 금
맥 같은 장소입니다. 개인적으로 '가사가 이렇게 아름다울 수
있구나'를 처음 느끼게 해준 곡은 아주 오래전 노래입니다. 한
번 보실까요?

　옛 애기하듯 말할까, 바람이나 들으렴

　거품 같은 사연들, 서럽던 인연

눈물에 너는 쌓인 채 가시밭 내 맘 밟아

내 너를 만난 그곳엔 선홍빛 기억뿐

(중략)

갈 테야 그 하늘가 나를 추억하는 그대

손수건만큼만 울고 반갑게 날 맞아줘

_김규민, '옛 이야기' 중

1991년에 발표된 곡이니 노래를 처음 듣던 당시의 저도 참 어렸습니다. 〈가요톱10〉을 빼먹지 않고 보던 시절에 듣게 된 '손수건만큼만 울고'라는 표현은 꽤 충격적이었어요. '울다'라는 표현을 저렇게 할 수도 있구나. '펑펑 울다', '엉엉 울다'와 '손수건만큼만 울고'의 간극. 글로 밥을 벌어먹는 일을 하게 된 이후로는, 저런 게 바로 크리에이티브겠구나, 라는 생각을 종종 하게 됩니다.

시인과 촌장의 '가시나무'는 또 어떻고요. 1988년에 발표된 이 곡은 멜로디도 멜로디이지만 그 가사가 사람을 붙잡고 머물게 하는 힘이 있어요. 누구나 가사 속에서 자신의 한 조각을 발견하게 합니다. 2000년에 조성모가 부른 버전도 유명하죠.

내 속엔 내가 너무도 많아 당신이 쉴 곳 없네

내 속엔 헛된 바램들로 당신의 편할 곳 없네

내 속엔 내가 어쩔 수 없는 어둠

당신의 쉴 자리를 뺏고

내 속엔 내가 이길 수 없는 슬픔

무성한 가시나무 숲 같네

_시인과 촌장, '가시나무' 중

20대 시절, 손에 잡히는 미래가 없어 막막했을 때는 이 노래를 자주 들었습니다. 신해철이 그룹 N.EX.T를 해체하고 낸 첫 앨범 속에 들어 있던 곡, 〈민물장어의 꿈〉이에요.

좁고 좁은 저 문으로 들어가는 길은

나를 깎고 잘라서 스스로 작아지는 것뿐

이젠 버릴 것조차 거의 남은 게 없는데

문득 거울을 보니 자존심 하나가 남았네

(중략)

익숙해 가는 거친 잠자리도

또 다른 안식을 빚어

그마저 두려울 뿐인데

부끄러운 게으름 자잘한 욕심들아

얼마나 나일 먹어야

마음의 안식을 얻을까

하루 또 하루 무거워지는

고독의 무게를 찾는 것은

그보다 힘든 그보다 슬픈

의미도 없이 잊혀지긴 싫은

두려움 때문이지만

저 강들이 모여드는 곳

성난 파도 아래 깊이

한 번만이라도 이를 수 있다면

언젠가 심장이 터질 때까지

흐느껴 울고 웃으며

긴 여행을 끝내리 미련없이

아무도 내게 말해주지 않는

정말로 내가 누군지 알기 위해

_신해철, '민물장어의 꿈' 중

흘려 듣는 가사와, 내가 준비가 되어 있을 때 듣는 가사

는 전혀 다른 종류의 것입니다. 이 노래를 듣던 즈음의 저는 가사 속 화자처럼 절박했고, 막막했습니다. 대학을 졸업하기 전에는 막연하지만 알 수 없는 자신감 같은 것이 있었는데, 사회생활은 생각처럼 쉽지 않았어요. 큰 광고회사에서 사람들에게 회자되는 캠페인을 만드는 카피라이터가 된 제 모습을 상상했었는데, 현실 속의 제게는 '카피라이터'라는 명함 속 다섯 글자 외에는 모든 것이 달랐습니다. 광고 일을 시작하자마자 멋진 캠페인을 경험하고 있다는 동년배들의 소문을 들을 때마다 작아지던 마음과, 막상 일을 시작했지만 마음먹은 대로 써지지 않던 카피와, 이대로 굳어지면 어쩌나 하는 불안. 내가 정말 좋아하는 이 일을 잘할 수 있게 된다면 나를 깎고 자르고 부서지고 깨어져도 좋다는 생각을 했습니다. 이 노래의 가사는 그런 제 마음을 대신 말해주고 있었어요.

노래를 쓰던 당시의 신해철은 당대 최고의 록밴드였던 N.EX.T를 해체하고, 스타가 아닌 한 사람의 뮤지션으로서 음악의 본고장(영국)에 도전하던 중이었습니다. 그는, 산란을 위해 자신이 살던 강물을 떠나 필리핀과 괌 사이에 있다는 세계에서 가장 깊은 마리아나 해구로 향하는 민물장어의 모습을 빌려 자신의 심경을 표현하고 있었어요. 제목을 처음 보고는 '무슨 이런 제목이 다 있어' 하며 웃었는데, 가사를 읽어 내려간 뒤로는 더 이상 웃을 수 없게 되었습니다. '이건 내 얘긴 데' 하며 듣고 또 듣던 이 노래. 다시 봐도 마음 한 구석이 저 릿해집니다.

좋은 노래 가사에 대한 글을 적자니 사실 지면이 아무리 많아도 끝이 없겠다는 생각이 듭니다. 여러분이 사랑하는 노래 가사엔 어떤 것이 있나요? 사실, 예전 노래 속에만 아름답고 놀 라운 표현들이 숨어 있는 건 아닙니다. 요즘에도 가사의 매력으 로 저를 놀라게 하는 노래들이 꽤 많아요. 아이돌 그룹의 노래 에서도 저는 깜짝 놀랄 표현을 발견하곤 합니다.

> 사람이 그렇게 매력 있음 못써요
> 정도껏 하세요
> _블랙비(Block B), '보기 드문 여자' 중

블랙비의 '보기 드문 여자'라는 곡의 도입 부분인데, 몇 년 전에 듣자마자 바로 적어두었어요. 그렇게 매력 있으면 '못 쓰니', '정도껏 하라'는 표현, 정말 신선하지 않나요? 광고회사 에 다닌다는 이유로 제게 종종 '창의성이란 무엇일까?'를 묻는 분들이 계신데, 그때마다 저는 '놀라움은 예측의 반대 방향에서 태어난다'라는 문장을 예를 들며 설명하곤 합니다. '그렇게 매력 있음 못쓰니 정도껏 하라'는 단어들의 조합이야말로 우리 예측의 반대 방향에 있는 표현이라는 생각이 듭니다.

지금이 '비주얼의 시대'냐, '텍스트의 시대'냐 묻는다면 누구나 주저 없이 전자라고 이야기할 겁니다. 그렇다 해도, 텍스트만이 줄 수 있는 '몰입'과 '곱씹음'의 아름다움은 분명히 존재한다고 믿습니다. 영화와는 다른, 소설만의 매력이 있는 것처럼요. 밀도 높은 가사, 인사이트 넘치는 가사. 그런 가사들의 아름다움을 더 자주 만날 수 있기를 희망합니다.

문장을 줍고, 간직합니다.
글 쓰는 일을 하기 때문에 생긴 습관이지만,
꼭 좋은 카피를 쓰기 위해서만은 아닙니다.

때론 문장이 좋은 내비게이션 같다는 생각을 합니다.
마음에 담아둔 몇 개의 좋은 문장들이
살면서 방향을 잃었을 때 덜 헤매게 하고
더 빨리 제자리로 돌아올 수 있게 해주었던 경험,
다들 있으실 거예요.
'그래, 그런 말이 있었지' 떠올리고 나서는
혼란스럽던 머리가 선명해지던 문장.
저를 달뜨게 만든 문장.
필요할 땐 차가운 합리주의자로 만들어준 문장.

문장을 쌓아두는 건,
저보다 더 깊이 생각하고 더 과감하고
더 매력적인 사람을 곁에 두는 것과 같았습니다.
그러니 별수 있나요.
눈에 띌 때마다 줍고, 간직하는 수밖에요.

PART 4

평소의 밑줄

용감하지 않은 자를 위한 용기

"용기란 두렵지 않은 것이 아니라, 두려움에도 불구하고 하는 것이다."
_앰브로즈 레드문 (Ambrose Redmoon)

이 한 줄은 제가 멍하니 TV를 보다가 주운 뒤, 20년 정도를 간직하고 있는 문장입니다. 문장을 줍던 순간만 기억나고 그게 정확히 언제인지는 도통 알 수 없네요. 그저 당시의 어렴풋한 기분만 떠오를 뿐입니다. 대학생이던 저는 불안정한 상태였고, 어떤 결과를 기다리며 소파에 누워 TV를 보고 있었고, 화면에는 가수 박진영 씨가 나와 화이트보드에 마커펜으로 필기하면서 강의를 하고 있었습니다. 당시로는 좀 생소한 포맷이었던 데다가, 그냥 춤 잘 추는 가수라고 생각했던 박진영 씨가 여성 문제를 굉장히 선명한 논리로 이야기하고 있어서 빨려들 듯 보고 있었죠. 여성이 가정에서 불리한 위치에 서지 않기 위해 가장 필요한 건 경제권이라는 주장이었습니다. 그리고 정확한 맥락은 알 수 없지만, 그는 문장 하나를 힘주어 이야기했습니다.

용기란 두렵지 않은 것이 아니라,
두려움에도 불구하고 하는 것이다.

정신이 번쩍 들었습니다. 급히 어딘가에 적어두었고, 일 없이 냉장고를 열어보듯 가끔씩 들여다보는 문장이 되었습니다. 당시의 메모를 보니 '일본 속담'이라고 쓰여 있어 20년을 일본 속담으로 알고 살았는데, 책을 쓰기 위해 자료 조사를 해보니 미국의 시나리오 작가가 한 이야기라고 하네요.

그즈음의 저는 지금보다 훨씬 우유부단했던 것 같습니다. 딱히 손에 무슨 카드를 쥔 것도 아닌데, 일이 벌어지면 어떻게 될지를 미리 고민하며 어느 것 하나 선뜻 제대로 시작하지 못했습니다. 용기 있게 일을 벌여 나가는 친구들이 부러우면서도, 겉으로는 무모하다고, 생각이 없다고, 진중하지 못하다고, 뒷감당은 어떻게 할 거냐고 폄하했습니다.

사실 과감한 결단력은—그리고 그것의 다른 이름인 '용

기'는—타고나는 것이라고 생각했습니다. 나에겐 없는 능력이었으니. 저는 스스로를 방어하기 위해 신중함이란 단어로 스스로를 포장하려 했죠. 그때 만난 저 문장은 제게 충격이었습니다. 누구나 두렵구나. 나와 다르지 않구나. 태어나길 용감한 사람이 있는 게 아니라, 그들도 두렵지만, 그럼에도 불구하고 하는 거구나.

　　생각해보면, 가장 힘든 건 늘 '시작'이었습니다. 어떻게든 시작만 하면, 씨앗을 뿌려놓으면, 내 의지와 상관없이 일은 시작되고 몇 년 뒤엔 분명 수확의 시간이 왔습니다. 그리고 그 수확의 질과 상관없이, 나는 분명 조금 달라진 사람이 되어있었습니다. 문제는 시작. 그리고 그 시작을 위해 필요한 건, 두려움에도 불구하고 하는 용기. 제가 좋아하는 카피 중에 이런 것이 있습니다.

　　오늘 아침 달린 5킬로미터의 트랙 중 가장 먼 구간은,
　　침대에서 현관문까지의 거리이다.
　　_나이키

인사이트가 넘치는 카피죠? 아직도 볼 때마다 질투가 날만큼 좋은 카피입니다. 이건 사람을 속속들이 이해하지 못하

면 쓸 수 없는 문장이거든요. 아침 운동을 하겠다고 맞춘 알람 시계가 울리면, 이걸 끄고 자야 할 수백 가지 이유를 찾는 일. 일주일에도 몇 번씩 제가 맞이하는 일이거든요.

어제 술을 먹어서. 오늘은 일이 많으니까 체력 안배를 위해서. 어제 잠을 깊이 못 잤으니까 아침에라도 부족한 수면 시간을 채우기 위해. 왠지 미세먼지가 있을 것 같아서. 아직 추운 것 같아서. 아직 더운 것 같아서. 일어날 이유보다 훨씬 많은 그냥 자야 할 이유들. 그러니 아침 운동의 가장 먼 구간은 알람을 끄고 일어나, 현관에서 신발 끈을 묶는 곳까지의 거리입니다. 일단 현관문을 나서면? 전, 단 한 번도 후회한 적이 없네요.

그러니 중요한 건 '시작'입니다. 시작하는 용기입니다. 때론 무책임하게 던져놓기. 미리 결과를 두려워하지 않기. 할까 말까 고민이 되는 프로젝트는 일단 해보기. 솔직히 두렵고 걱정되지만, 두려움에도 불구하고 하는 것. 이것이 제게 꼭 필요했던, '용감하지 않은 자를 위한 용기'랄까요? 용기 없다는 걸 책에서까지 밝혀놨으니, 저도 앞으론 조금 더 용기 내어 보려고 합니다. 여러분도 함께 하시겠어요? 용기에 대한 멋진 두 문장으로도 용기가 나지 않으시는 당신을 위해, 제 '평소의 밑줄' 리스트에서 하나를 더 주섬주섬 꺼내봅니다.

10년 뒤 당신은, 당신이 한 것보다

하지 않은 것에 대해 후회하게 될 것이다.

_마크 트웨인

사람은
물과 같아서

**"사람은 물과 같아서, 어디에 담기느냐에 따라
호수가 되기도, 폭포가 되기도 한다."**
_박웅현

아파트 상가에 있던 빵집이 사라졌습니다. 제가 사는 아파트는 상가가 크지 않아서, 그 자리에 뭐가 들어올지가 우리 부부의 최대 관심사였죠. 한 주, 두 주, 빈 공간이 조금씩 형태를 갖추더니 눈에 띄게 큰 창에 빨간 대문이 설치됩니다. 커피숍이겠군요. 며칠 뒤엔 그 공간에 그랜드피아노가 들어오네요. 공간 자체가 그리 크지 않은데 피아노를 놓는 걸로 보아 손님을 많이 받는 게 중요하지 않다는 인상입니다. 피아노는 인테리어일까? 눈썰미가 '셜록'급인 아내는 생각이 조금 달랐습니다. 저 피아노는 새 제품이 아니라 쓰던 것이다. 그렇다면 주인이 치려고 가져다 놓은 것이 분명하다.

역시 그녀의 추리는 옳았습니다. 동네 네트워크의 중심인 부동산 사장님의 이야기에 따르면, 새 가게는 커피숍이 맞고 주인 되시는 분은 전직 피아니스트라고 합니다. 저 피아노를 놓기 위해 바닥에 난방시설까지 깔았다는데, 아무래도 평범한 커피숍은 아닐 것 같은 예감이 듭니다.

생각보다 오랜 준비 기간 끝에, '달쏘'라는 이름의 커피숍이 문을 엽니다. 가게를 새로 열었으니 한잔 마셔주는 게 동네 주민의 예의겠죠. 오픈 며칠 뒤의 토요일 아침, 커피를 테이크아웃 하러 들렀습니다. 여자 사장님이 일찍부터 나와서 준비하고 계시네요. 들어오는 저를 보고는 살짝 긴장하신 표정입니다. 손님을 많이 맞아보지 않은 이의 눈빛이에요. 많이 웃으시고, 계산에도 시간이 좀 걸립니다. 저분은 지금 사장으로는 초보운전 중이신 거라는 생각이 들었어요. 어쨌거나 받아든 커피 맛도, 들리는 음악도 괜찮습니다. 종종 들르게 될 것 같군요.

그리고 며칠 뒤. 아내와 밤 산책을 나섰습니다. 집 앞 커피숍을 지나가는데, 며칠 전의 그 사장님이 보이네요. 그랜드 피아노 앞에 앉아 누군가에게 레슨을 하고 계십니다. 그런데, 며칠 전에 본 같은 사람이라고 하기에는 모든 것이 다릅니다.

손짓. 동작. 공간에서의 존재감. 고개를 살짝 들고 악보를 내려다보는 모습에 자신감이 넘치시네요. 사람이 오랜 시간 자신이 집중해온 분야에 놓일 때의 표정입니다. 아내에게 이야기합니다. "방금 저분 눈빛 봤어? 며칠 전이랑 전혀 다른 사람인데?"

제 오랜 스승이신 박웅현 CCO님이 전에 이런 얘기를 해주신 적이 있습니다.

사람은 물과 같아서, 어디에 담기느냐에 따라
호수가 되기도, 폭포가 되기도 한다.

정말 그렇습니다. 저만 해도, 어디에 있느냐에 따라 완전히 다른 사람처럼 행동합니다. 회사에서는 차분한 편이에요. 회의실에서는 조금 다릅니다. 대학교 동기 모임에선 분위기 메이커가 됩니다. 군대 내무반 사람들을 만나면, 답 없는 막내가 돼요. 내 속에 내가 너무 많다는 생각을 합니다. 우리는 그 사람을 안다고 생각하지만, 그건 그 사람의 한 조각을 아는 것뿐인지도 모릅니다.

영국에서 공부할 때, 비슷한 이야기를 들은 적이 있어요.

마케팅 수업 시간이었습니다.

> 교수: 여러분, 나는 누구일까요?
>
> 학생 일동: 교수님?
>
> 교수: 전 지난달에 호주 여행을 다녀왔습니다. 그곳에서 전
> 그냥 여행자였죠. 자, 그렇다면 나는 이제 교수일까요?
> 여행자일까요?
>
> 학생 일동: (침묵)
>
> 교수: 한 사람을 정의하는 건 상대적인 일입니다. 그런데 우
> 리는 누군가를 잘 안다고 생각하죠. 마케팅을 할 때, 여
> 러분의 타깃이 어떤 사람이라고 너무 쉽게 생각하지
> 않길 바랍니다.

'호수'와 '폭포'에 관한 문장은 제가 광고 초년병이던 시
절 많은 위로가 되었어요. 광고회사엔 개성 있는 사람이 정말
많아서, 좀 주눅이 들었던 것 같습니다. 나는 저런 멋진 취미
가 없는데. 나는 저런 유머 감각이 없는데. 나는 저렇게 입고
다닐 수 없는데. 나는 회의실에서 저렇게 멋지게 말할 수 없는
데. 기준을 남에게 두니까 내가 모자란 부분만 보였어요.

그러다가 저 문장을 만났죠. 묘하게 안심이 되더군요. 나

는 한 명이 아니야. 활발한 아이디어 뱅크도, 차분한 리더도, 장난기 많은 친구도 다 내 안에 있어. 나는 지금 내 필요에 의해서 호수에 담겨 있는 것뿐이야. 내가 어떤 성격이라고 스트레스 받을 필요는 없어. 목소리를 높여야 한다면, 그런 나를 불러내면 되는 거야. 나중에 경쟁 PT를 준비할 때, 확신을 가진 리더가 필요하다면, 그런 나를 꺼내면 되는 거야. 자동차가 기어를 바꾸는 것처럼. 말처럼 쉬운 일은 아니겠지만, 불가능한 것도 아냐. 사람은 물과 같은 거니까.

실제로 사람의 성격은 시간이 흐르면 변한다고 합니다. 저만 해도 그래요. 10년 전이 다르고, 5년 전이 다릅니다. 최근 5년 동안의 저는, 밖보다는 안을 향해 있어요. 하지만 전 지금의 제가 좋고, 남들이 원하는 내가 아니라고 해서 스트레스 받지도 않습니다. 나는 지금 호수에 담겨 있을 뿐이니까. 정말 필요하다면—참으로 성가시고 귀찮은 일이지만—협곡을 달리고 물보라를 튀기면 되니까. 물론 가끔 폭포에 들르는, 평소엔 호수형 인간일 확률이 높지만.

'경험'이라는
아이디어

당신은 회사원이지만

등산가이고

야구팬이면서

아빠이기도 하니까

그 모든 당신을 위한

세상의 모든 신발

ABC마트

ABC마트의 광고 카피는 앞에서 언급한 영국 유학 시절 마케팅 수업 시간에 들었던 이야기를 떠올리며 쓰기 시작했어요. '사람은 물과 같아서, 어디에 담기느냐에 따라 호수가 되기도, 폭포가 되기도 한다'라는 문장과 같은 맥락이죠. 한 사람에게 여러 조각이 있다면, 그 조각마다 필요한 신발 또한 다양하지 않을까요?

회사원이고 등산가이며 아빠이기도 한 당신을 위한 모든 신발이 있다는 메시지는 '세상의 모든 신발'을 팔겠다는 ABC 마트의 지향점과도 잘 닿아 있습니다. 연초 애뉴얼 PT(1년 동안 브랜드가 나아갈 방향과 그에 맞춘 광고물들을 종합적으로 설명하는 프레젠테이션으로 대체로 연초에 이루어집니다) 때 광고주 분들께 제가 직접 이 카피를 읽어드렸고, 한 줄의 수정도 없이 그대로 온에어 되었습니다.

처음 보신 카피는 남자편이에요. 여자편 카피는 조금 다릅니다. 함께 일하는 후배들 중 연차가 낮은 어린 친구들 몇 명을 관찰하면서 단어를 조합했어요. '사람은 물과 같다'는 평소의 밑줄이 구조만 바뀌어서 그대로 카피가 되었네요.

당신은 신입사원이지만
모험가이고

러너이면서

여자 친구니까

그 모든 당신을 위한

세상의 모든 신발

ABC마트

훈장은
창고에

**"망치를 들고 있으면,
세상 모든 것이 못으로 보인다."**

_에이브러햄 매슬로우 (Abraham Maslow)

세상엔 두 종류의 사람이 있습니다. 칭찬의 힘으로 나아가는 사람. 채찍에 강하게 반응하는 사람. 그렇다면 저는 명백하게 전자입니다. 저를 위협하고 겁주는 일에는 반발심이 먼저 들고, 열심히 하고 싶다는 생각도 들지 않지만, 칭찬이 어른거리는 일에는 저도 모르게 전력을 다하곤 합니다.

저 같은 '보상 반응형' 인간에게 칭찬은 마약입니다. 한번 잘한다는 말을 들으면 계속 그 말이 듣고 싶어집니다. 그래서 잘한다는 말을 들었던 그 일을 하고 또 하게 되죠. 제가 광고 일을 하면서 처음 받은 칭찬은 '긴 카피 쓰기'에 대한 것이었어요. 브랜드를 공부하고, 만든 사람을 인터뷰하고, 시장 상황을 분석해서 지금 그 브랜드가 나아가야 할 방향을 30초에서 1분 정도의 긴 문장으로 풀어 쓰는 것. 흔히 매니페스토 (Manifesto)라 부르는 카피를 쓰면 늘 반응이 좋았습니다. e편한세상의 '진심이 짓는다' 캠페인, 시디즈의 '의자가 인생을 바꾼다' 캠페인은 30초라는 러닝타임 동안 브랜드가 하고 싶은 이야기를 조곤조곤 설득력 있게 전달하는 광고들이었습니다. 광고 덕분에 실제로 시장이 움직이는 경험을 했고, 주위의 칭찬도 받고, 30초라는 상대적으로 넓은 운동장에서 (일반적인 광고는 15초입니다) 뛰는 것도 즐거웠습니다.

대개의 광고회사는 브랜드를 담당하는 광고기획자(Account Executive, 이하 AE)가 그 브랜드의 문제를 해결할 광고물을 만들 크리에이티브 디렉터를 선택하는 구조입니다. 돌이켜보면, 저를 찾아오는 브랜드들에도 패턴이 있었어요. 이성적인 톤의 카피 캠페인이 필요한 브랜드. 막 시장에 진입하여 자신만의 목소리가 아직 잡히지 않은 브랜드. AE 입장에서는 긴 카피를 쓰는 것이 유리하다고 판단되어 저를 찾아온 것이겠죠. 이것도 일종의 칭찬이겠거니 싶어 자신감은 배가됐습니다.

그리하여 저는 '매니페스토 카피'를 전가의 보도처럼 휘두르게 됩니다. 카레 광고엔 카레 매니페스토. 화장품 광고엔 화장품 매니페스토. '요즘은 TV만 틀면 매니페스토라고? 괜찮아. 진짜로 잘 쓰면 다 뚫고 나갈 수 있어'라는 최면을 걸면서. 그러다 우연히 한 문장을 읽게 됩니다. 생각 없이 페이스북을 열고 글들을 읽던 중이었어요. 정신없이 화면을 올리던 엄지손가락이 저절로 멈춰진 건, 눈앞에 나타난 한 줄 때문이었습니다.

　　망치를 들고 있으면, 세상 모든 것이 못으로 보인다.

가슴 한구석이 서늘해졌습니다. 딱 제 모습이었으니까요. 어쩌면 세상의 많은 전문가들, 기업들의 이야기이기도 할 겁니다. 우리는 무의식중에 망치를 들고, 세상 모든 것을 못으로 보고 있는지도 모릅니다. 성공해봤으니까. 잘한다는 말을 들었으니까. 모든 문제를 '잘하던' 방식으로 해결하려 들죠. 단단한 무기를 손에 쥐고 있다는 건 분명 멋진 일입니다. 그것은 나의 밥을 벌어주는 고마운 밑천이니까요. 하지만 모든 전투에 한 가지 무기만 들고 뛰어드는 것처럼 위험한 일도 없습니다. 칼을 들고 싸우다가도, 적이 화살을 꺼내면 우리는 방패를 들어올려야 합니다. 칼로 화살을 벨 순 없죠. 유연함은 또 다른 강력한 무기일 테니까요.

제가 가진 유연함에 대해 다시 생각하게 됐습니다. 지나간 성공은 훈장과 같은 것입니다. 충분히 자랑스러워할 만하지만, 실전에선 아무 소용이 없습니다. 과거의 성공에 매달리는 기업들이 쉽게 위기에 처하는 이유입니다. 세계 휴대폰 시장을 제패하던 노키아의 앞날이 이리 될 줄 누가 알았을까요? 그와 비슷한 길을 걸었던 다른 이름들도 떠오릅니다. 싸이월드, 코닥, 아이러브스쿨… 훈장은 결코, 전쟁터에서 총알을 막아주지 못합니다.

몇 년 전, 회사 일로 일본에 출장을 갔다가 TBWA 글로벌 네트워크의 전설적인 크리에이터, 존 헌트(John Hunt) CD를 만난 적이 있습니다. 그가 자신보다 훨씬 낮은 연차의 크리에이터들에게 짧은 스피치를 하는 시간이 있었는데, 그 자리에서 이렇게 말하더군요.

0.5퍼센트 안에 드는 작품을 목표로 해라.
그래야 5퍼센트 안에 드는 작품을 만들어낼 수 있다.

아이디어를 실행하다 보면 늘 현실의 높은 벽과 마주하게 됩니다. 대단했던 아이디어도 깎이고 변형되어 원래의 빛을 잃어가곤 하죠. 그러니 처음부터 대단하고 놀라운 꿈을 꿔야 겨우 봐줄 만한 결과물에 닿는다는 얘기를 그는 하고 있던 겁니다. 반대로 생각해보면, 애초에 결과가 예측되는 광고, 실패하지 않겠다고 만든 광고에 어떤 놀라움의 씨앗이 숨어 있을까요?

요즘은 제 직업에 대해 종종 생각합니다. CD라는 일은, 예측이 되면 불리한 직업입니다. '저 사람에게 가면 저런 결과물을 얻게 될 거야'라는 예상이 된다는 건, 내용이 대충 그려지는 영화를 보러 가는 일과 같을 겁니다. 실패의 확률은 적겠지만 가슴이 두근거릴 일도 없겠죠. 쉽게 예측되는 사람이 되지 않기 위해, 손안의 망치를 휘두르고 싶은 마음을 조금 억눌러야겠습니다. 말이 쉽지 또 습관처럼 망치를 꺼내 세상 모든 못들을 박고 싶을 테지만, 적어도 일을 시작하기 전에 각오부터 다져보려 합니다.

망치는 주머니에.
훈장은 창고에.

아무것도 하지 않음의
힘

"모든 것을 할 자유.
아무것도 하지 않을 자유."
_클럽 메드(Club Med) 광고 카피

　두꺼운 노트를 하나 마련해놓고, 시간 날 때마다 닮고 싶은 카피를 옮겨 적던 시절이 있었습니다. 지금도 제 사물함 구석엔 그 시절에 만든 카피 모음 노트가 있어요. 펼쳐 보면 여전히 놀랍도록 좋은 카피들이 있고, 어디가 그렇게 좋아서 베껴 적었지 싶은 카피들도 섞여 있습니다. 딱 그 차이만큼 제가 변한 거겠죠. 제 컴퓨터 안에도 '닮고 싶은 카피' 폴더가 있습니다. 매년 파일을 하나씩 만들어서, '언젠가는 나도 이렇게 쓸 수 있을까' 싶은 카피들을 옮겨 적어두었습니다. 이 책을 쓰기 위해 다시 폴더를 열어보니, 그 작업도 몇 년 전부터 멈쳐 있군요. 그 열정, 사라져버린 건지 잠시 숨어 있는 건지는 모르겠지만, 어쨌거나 요즘 제가 카피라이터로 먹고사는 힘 은 그 시절의 따라 쓰기 때문이 아닐까 합니다.

모든 것을 할 자유,
아무것도 하지 않을 자유
_클럽 메드

이 카피를 노트에 옮겨 적은 건 꽤 오래전 일입니다. 첫 번째 직장을 다니던 카피라이터 초년병 시절이었던 것으로 기억해요. 회사 안 작은 자료실에서 잡지를 뒤적이다가 발견 했는데, 처음 읽을 때는 '와, 좋다' 하고 보다가 이내 질투의 감정이 일던 기억이 납니다. 지금 내가 이 브랜드의 카피를 쓴 다면, 나는 과연 비슷하게라도 쓸 수 있나 생각해봤고, 대답 은 명백한 'No'였거든요. 클럽 메드는 세계 여러 곳에서 만날 수 있는 고급 휴양시설 브랜드이죠. 당시의 저라면, 세상 멋 있는 말들은 다 모아서 쓰려고 했을 겁니다. 형용사와 부사가 춤을 췄겠죠.

그런데 저렇게 딱 두 줄. 모든 것을 담고 있는 두 줄. 고 급 휴양지에 가겠다고 생각하는 사람들의 인사이트를 단 두 줄에 담았기에 그렇게 매력적이었나 봅니다. 큰돈을 주고 가는 휴가, 그곳에 내가 원하는 모든 것이 있다면 더할 나위가 없겠죠. 어떤 것이든 할 수 있다니까. 하지만 한편으로 진정 원하는 것은 내가 사는 이곳과는 완전히 분리된, 아무것도, 아무 생각도 하지 않아도 되는 시간 아닐까요?

'아무것도 하지 않는 시간'. 요즘은 그 시간의 가치에 대해 자주 생각하게 됩니다. 사람이 너무나 쉽게 치약이 되는 시대. 짜냄을 당하다가 간단하게 용도 폐기되는 시대일수록, 저는 '무(無)의 시간'이 더 중요하다고 생각해요. 우리는 아무것도 하지 않는 사이에 많은 것들을 얻습니다. 낮을 만드는 건 충분한 밤이죠. 쉼표가 없으면 문장이 엉망이 됩니다. 우물에게도 차오를 시간은 필요합니다. 동물들은 크게 다치면 자신만의 은신처에서 혀로 상처를 핥으며 몸이 원래 상태로 돌아가길 가만히 기다린다고 하죠. 우리는 생각을 멈춰야 비로소 전혀 새로운 생각을 할 수 있게 됩니다. '무'가, 결코 무용하지 않은 거죠.

미국의 자동차 왕 헨리 포드도 비슷한 말을 했습니다.

일만 알고 휴식을 모르는 사람은 브레이크 없는 자동차와 같다.

주위를 둘러보면 모든 사람들이 뛰고 있다는 착각이 드는 요즘엔, 쉬려고 앉아 있는 시간이 오히려 더 불안하게 느껴질 수도 있을 겁니다. 하지만 적어도 '생각'의 측면에선, 아무것도 안 하는 시간이 정말 필요하더군요. 수많은 '유'들이 '무'의 시간에 태어난다는 생각을 합니다. 다음 날 있을 중요한 회의에 대한 초조함 때문에 심야까지 자리를 지키며 냈던 아이디어보다, '됐고, 나는 모르겠고'라는 마음으로 일단 잠을 자고 이른 아침 머리를 비운 상태에서 내는 아이디어가 더 좋은 반응을 얻었습니다. 같은 맥락에서 한자리에서 모든 것을 머리에 집어넣고 짜내는 일련의 과정보다는, 일단 해야 할 일을 머리에 집어넣고—과제를 머릿속에 집어넣었다는 사실도 잊은 채—아무 생각 없이 샤워를 하던 아침이나, 회사로 향하던 출근길에 좋은 생각이 더 자주 찾아오더군요. 오직 '유'에서 '유'로 나를 몰아붙이기보다는, '무'의 힘을 적절히 활용하는 편이 결과적으로 더 현명했던 겁니다.

제가 카피라이터 일을 시작하고 가장 잘한 일 중의 하나는, 2년 동안 일을 멈췄던 것이었습니다. 신입 카피라이터로 일을 시작한 지 2년, 많은 사람들이 그런 것처럼 저 또한 능력의 한계를 만났죠. 다른 회사로 이직하는 것도 마음처럼 되지 않던 그때, 당시 여자 친구였던 지금의 아내와 결혼하고 함께 2년 동안 영국 유학을 떠났습니다. 그때가 아니면 할 수 없는 일이라는 본능적인 판단 때문이었죠. 엄밀히 말하면 2년의 시간이 완전한 비움은 아니었지만, 카피라이팅의 측면에서 보면 트랙 밖을 벗어나 이 재료 저 재료를 제 안에 집어넣어보던 시간이었습니다. 돌아와 다시 현업에 복귀해보니 알겠더군요. 2년 동안 제 카피 테크닉은 별로 나아지지 않았지만, 적어도 훨씬 여유 있는 자세로 연필을 잡을 수 있게 됐다는 걸. 바닥났던 제 안의 이야깃거리들이 다시 꽤 많이 차올랐다는 걸. 우리나라에 비해 다양성을 훨씬 더 용인해주는 분위기 속에서 살아보니 아무래도 시야가 조금은 더 넓어졌다는 걸. 물론 통장 잔고는 0에 수렴하여 돌아왔지만 말이죠.

멈추는 것은 손해가 아닙니다. 자동차 경주의 꽃이라는 F1 레이싱에서는 레이스 중간에 달궈진 엔진을 식히고, 타이어를 교환하는 과정이 필수입니다. 그래야 50바퀴 이상의 장거리를 버틸 수 있다고 해요. 해야 할 일이 많을수록, 아무것도 하지 않는 시간을 빼먹지 말아야겠습니다. 인생은 꽤 긴 레이스이니까요.

사람이 주는 스트레스는 2년

**"사람이 주는 스트레스는 2년.
2년이 지나면 그가 떠나거나, 내가 떠나게 된다."**
_박웅현

　『슬램덩크』의 강백호는 농구부 감독 안 선생님에게 묻습니다. "영감님의 전성기는 언제였나요? 전 지금입니다." 몇 년 전, 저는 광고주 미팅을 마치고 파김치가 되어 돌아오던 길에 함께 걷던 팀장님에게 묻습니다. "팀장님의 광고 인생 최악의 시기는 언제였나요? 전 지금입니다."

　광고하면서 만난 최고의 광고주들은 거침없이 이야기할 수 있지만, 최악의 광고주들을 언급하는 건 쉽지 않습니다. '을'의 숙명이죠. 문제의 그날은 A사의 기업 이미지 광고를 만들기 위해 끝없는 디벨롭 미팅(발상한 아이디어를 구체화

시키고 완성도를 높이기 위해 하는 회의)을 하던 와중이었습니다. 일요일이었고, 오후 두 시에 편집실에서 영상을 보며 광고주와 대책 회의를 하기로 되어 있었고, 광고주는 무슨 이유에서인지 한 시간 늦게, 그것도 자신의 조카를 대동한 채 나타났습니다. (이 대목에서 눈을 의심하시는 분이 계실지 모르겠지만, 정말 중학생 정도 되는 '조카'와 함께 등장했습니다.) 자신의 회의 소집 때문에 귀중한 일요일 오후 시간에 출근해서 기다리는 10명이 넘는 스태프들에게 어떤 미안함의 표시도 없이, 그는 광고 회사가 설명하는 시안에 오직 단점들만을 지적하고는 자리를 뜹니다. 늦게 도착해 미안하다는 말 한마디를 기대했던 건 제 지나친 바람이었을까요. 현장의 공기는 얼어붙었고, 그날 저는 일종의 무력함을 느꼈습니다.

미팅 장소였던 편집실과 회사 사이 거리가 멀지 않아 걸어서 사무실로 복귀하던 길, 아직 CD가 되기 전의 저는 당시의 제 팀장이셨던 박웅현 CD님께 참았던 불만을 털어놓게 됩니다. 제 광고 경험이 길지 않지만 이건 정말 최악이라고. 우리에 대한 존중은 어디에도 없다고. 어떻게 저런 사람이 저렇게 높은 자리에 올라가는지 모르겠다고. 앞으로 이 브랜드를 위해 카피를 쓸 일이 막막하다고.

그랬더니 팀장님께선 이런 이야기를 해주시더군요.

"그 사람 참 쉽지 않지? 그런데 있잖아. 내 생각에 사람이 주는 스트레스는 2년인 것 같아."

"2년이요?"

"응. 나는 그랬어. 2년 정도가 지나면, 정말 별로였던 그 사람이 알아서 회사를 옮기거나, 아니면 내가 내 자리를 떠나게 되더라. 너무 마음 쓰지 마."

별로인 사람은 누가 보기에도 별로니까 보직이 바뀌는 경우가 많고, 그렇지 않으면 내가 참지 못하고 다른 회사나 팀으로 옮기게 된다는 이야기였어요. 말의 힘 때문일까요? 사람이 주는 스트레스는 길어야 2년이란 말은—제때 먹은 진통제처럼—지끈거리던 머리를 좀 편안하게 해줬습니다. 사실 2년도 까마득한 시간이지만, 이 고통이 영원하지 않다는 생각만으로도 마음이 놓였던 것 같아요.

그리고 신기하게도, 고통이 시작된 지 햇수로 2년이 되기 전에 우리 회사는 그 광고주와 이별을 하게 됩니다. 마냥 고분고분하지만은 않고, 자기 의견도 명확한 우리 회사의 업무 스타일을 광고 담당자와 최고 의사결정권자가 별로 좋아하지 않았기 때문이죠. 그리고 놀랍게도, 몇 년 후 그 광고주는 사회적 물의를 일으키고 그 회사에서 물러나더군요. 그 또한 그 자리에 영원히 있지 않았던 거죠.

스트레스 유효기간 2년의 법칙. 어찌 보면 광고주와의 만남과 이별이 잦은 광고회사에 적용되기 좋은 이야기일지도 모릅니다. 그런데 제 경험을 되짚어보면, 꼭 클라이언트와 에이전시 관계에서만 해당되는 이야기가 아니었어요. 저도 사람 때문에 스트레스를 받을 일이 생겼는데, 신기하게도 2년 안에는 조직이 바뀌든 제가 회사를 옮기든 돌파구가 생기더군요.

몇 년 뒤의 일입니다. 친한 후배로부터 오랜만에 점심을 같이 먹자고 연락이 왔어요. 말수가 많은 친구가 아닌데 시간을 내서 만나자고 한 걸 보면 분명 뭔가 있다 싶었고, 털어놓는 이야기를 들어보니 제가 들어도 너무나 불합리한 일들을 겪고 있었습니다. 듣는 제가 화가 날 정도로요. 그래도 인생 선배니까 주섬주섬 해결할 수 있는 방법들을 같이 고민하다가, 몇 년 전 저를 위로했던 그 문장이 떠오른 겁니다.

"사람이 주는 스트레스는 2년이래. 길다면 길지만, 어쨌든 그게 영원하진 않더라고. 어떤 식으로든 이 스트레스는 사라질 거야. 그냥 참고 있지 말고, 할 수 있는 일들을 해보자."

몇 달 뒤 전해 들은 소식으로는, 그 후배 역시 팀을 옮기는 방법으로 '사람이 주는 스트레스'에서 벗어날 수 있게 되었다더군요. 물론 그사이 제가 알 수 없는 과정과 고통이 있었겠지만요.

스트레스 중의 스트레스는 사람이 주는 스트레스입니다. 몸이 힘들면 잠이라도 오지, 정신적으로 괴롭힘을 당하면 잠도 오지 않습니다. 사람이 주는 스트레스가 도를 넘어섰다는 생각이 들면, 절대로 그냥 참고 있지 마세요. 그것은 영혼을 갉아먹어 사람을 빈껍데기로 만듭니다. 겉으로만 멀쩡해 보일 뿐, 존엄이 사라진 인간이 빛나는 경우를 저는 본 적이 없습니다. 사람이 주는 스트레스는 2년. 이 문장은 사실 두 가지로 해석할 수 있다고 생각해요. '하나, 이 고통은 영원하지 않다. 맘 편히 가져라. 둘, 그러나 당신도 할 수 있는 모든 일을 하라'라고요. 언젠가 사라질 악몽이라고 하지만, 그 악몽을 2년씩이나 꾸고 살 수는 없으니까요.

인터뷰 읽기의
기쁨

**"저는 『무기여 잘 있거라』의 마지막 쪽을
서른아홉 번이나 고치고 나서야 겨우 만족했습니다."**
_어니스트 헤밍웨이

시작은 한 권의 책이었습니다. 제가 인터뷰 읽기에 빠지게 된 것은.

『작가란 무엇인가』는, 『파리 리뷰』라는 문학잡지에 수십 년 동안 연재된 작가들의 인터뷰를 모은 책입니다. 이 책은 제가 『생각의 기쁨』이란 책을 쓰기 훨씬 전, 그러니까 작가가 될 거라고는 상상하지 못하던 시절에 제 손에 들어왔어요. 글 쓰는 일로 밥을 벌어먹는 한 사람으로서, 내심 경외의 감정으로 지켜보던 이들이 어떤 마음과 방식으로 글을 썼을지가 궁금했습니다. 인터뷰에 응한 이들은 그야말로 문학계의 거인들입니다. 움베르토 에코. 무라카미 하루키. 어니스트 헤밍웨이. 밀란 쿤데라. 책을 잘 읽지 않는 사람도 한두 번 들어보았을 법한 이름들.

쓰기에 관련된 책이다 보니 제겐 꽤 흥미로웠습니다. 그기라성 같은 사람들도, 생각하고 그 결과물을 손끝으로 밀어내는 과정은 저와 크게 다르지 않더군요. 그들이 가진 영감이라는 이름의 불꽃의 크기는 저와 다르겠지만, 너무나 쉽게 사라지는 불꽃을 잡아 원고지에 가두기 위해 하는 노력들은 저와 크게 다르지 않았습니다. 인터뷰들은 각자의 이유로 흥미로웠지만, 그 중 가장 인상적이었던 것은 어니스트 헤밍웨이의 인터뷰였어요.

인터뷰어: 얼마나 많이 고쳐 쓰시나요?

헤밍웨이: 그거야 매번 다르지요. 저는 『무기여 잘 있거라』
의 마지막 쪽을 서른아홉 번이나 고치고 나서야
겨우 만족했습니다.

인터뷰어: 기술적인 문제라도 있었나요? 무엇 때문에 그런
곤란을 겪으셨나요?

헤밍웨이: 적절한 말을 찾기 힘들었어요.

_『작가란 무엇인가』, 움베르토 에코 외, 다른, 2014

천하의 헤밍웨이도 '적절한 말'을 찾기 위해 서른아홉 번을 고쳤답니다. 저는 지금도 책상에 이 글귀를 적어 붙여두고 가끔씩 쳐다보곤 합니다. 위로가 되고, 또 지향점이 되었어요. 또, 그는 매일매일 일정을 정해놓고 정해진 시간에만 글을 쓴다고 했습니다. 마치 우리가 출근하고, 퇴근하는 것처럼요.

아침 일찍 일어난 헤밍웨이는 매우 집중하며 자신의 독서대 앞에 선다. 그리고 꼼짝 않고 서서 일하면서 이쪽 발에서 저쪽 발로 무게중심을 바꾸기 위해서만 약간 움직일 뿐이다. 작업이 잘 진행될 때는 흥분한 아이처럼 땀을 뻘뻘 흘리기도 하고, 예술적인 기운이 잠시 사라지면 초조해하고 비참해하기도 한다. 스스로 부과한 규율의 노예가 되어 정오 무렵까지 계속 작업을 한다. 정오가 되면 옹이가 많은 지팡이를 들고 집을 나서서 수영장으로 향한다. 그리고 매일 800미터 정도 수영을 한다.

_같은 책

신기한 것은, 오르한 파묵도, 무라카미 하루키도 똑같은 얘기를 하고 있었다는 사실입니다.

반면에 소설가는 본질적으로 개미처럼 끈기 있고 천천히 장거리를 나아가는 사람이에요. 소설가는 악마적이고 낭만적인 비전 때문이 아니라 끈기 때문에 인상적이지요.

_같은 책, 오르한 파묵의 인터뷰 중

소설을 쓸 때는 네 시에 일어나서 대여섯 시간 일합니다. 오후에는 10킬로미터를 달리거나 1.5킬로미터 수영을 합니다. (둘 다 할 때도 있고요) 그러고 나서 책을 좀 읽고 음악을 듣습니다. 아홉 시에 잠자리에 들지요. 이런 식의 일과를 변함없이 매일매일 지킵니다.

_같은 책, 무라카미 하루키의 인터뷰 중

'천재성'과 '낭만'의 영역이라고 느껴지던 글쓰기가, 실은 전혀 낭만적이지 않은 매일의 꾸준함에 빚지고 있다고 그들은 공통적으로 말하고 있었습니다. 위로가 되더군요. 저런 하늘의 별들도 저렇게 글을 쓰는데, 나같이 평범한 이가 글을 쓰면서 고통을 느끼는 건 당연한 일 아닌가? 게다가 저도 정말 비슷한 감정을 느낀 적이 많습니다. 어느 날은 미친 듯이 글이, 카피가 써집니다. 그러나 어떤 날은 '꾸역꾸역'이라는 단어 외에는 표현할 길이 없는 시간이 찾아옵니다. 하지만 어느 날이든, 모든 문장은, 모든 핑계를 물리치고 책상에 앉아 연필을 쥐는 규칙적이고도 꾸준한 시간에서 시작되더군요.

인터뷰 형식의 기사들, 생각해보니 예전에도 꽤 즐겨 읽어왔습니다. 남성지 『GQ』나 『에스콰이어』 같은 잡지를 펼치면 책의 절반을 지난 지점에 반드시 인터뷰 섹션이 나옵니다. 국문판이건 영문판이건 상관없어요. 이건 세계 어디서나 인터뷰를 즐겨 읽는 사람이 많다는 증거이겠죠. 인터뷰 읽기에 재미와 매력을 느끼는 이유는 사람들마다 각기 다르겠지만, 저는 좋은 문장을 만나기 쉽다는 점 때문에 늘 챙겨 읽었습니다. 문장 수집을 좋아하는 제게는 인터뷰 읽기가 꽤 효율적으로 시간을 보내는 방식이었거든요.

지금은 기억이 나지 않는 어떤 인터뷰는, 펼치는 것만으로도 지면에서 명언들이 후두둑 떨어지는 느낌을 주었습니다. 인터뷰에 명언이 많은 건, 그들이 달변이어서일까요? 아뇨. 오히려 전 '머리로 지어낸 이야기'가 아니라 '인생이 직접 들려주는 이야기'이기 때문이라고 생각합니다. 인터뷰가 잡지에 실리거나, 책으로 엮일 정도의 사람이라면 자신의 분야에서 이뤄낸 결과물이 있는 삶이겠죠. 오랜 시간 자신의 영역에서 답을 찾으면서 정립된 관점들, 응축된 생각들이 있을 겁니다. 이런 것들이 인터뷰라는 형식을 통해 자연스럽게 드러나는 거겠죠. 만들어낸 문장보다 훨씬 힘 있는, 시간이 다듬어놓은 생각들.

인터뷰 읽는 재미에 빠진 뒤로는 사람들을 만날 때마다 '인터뷰 예찬'을 하고 다녔습니다. 그랬더니 몇몇 분들이 인터뷰 형식으로 쓴 책들을 선물해주시더군요. 요즘엔, 마흔을 훌쩍 넘기고도 더 강해지고, 자유로워지며, 전에 없던 성취를 이룬 세계 각국의 여자들을 인터뷰한 『우리는 매일 새로워진다』를 읽는 중입니다. 백영옥 작가의 『다른 남자』라는 책에선 한국 사회에서 명확한 자신만의 영역을 확보한 남자들의 인터뷰를 볼 수 있었어요. 무라카미 하루키와 소설가 가와카미 미에코의 대담집 『수리부엉이는 황혼에 날아오른다』는, 예전에 굉장한 팬이었던 하루키의 소설들이 어떤 과정을 통해 쓰였는지를 어깨너머로 보는 듯해 흥미롭게 읽고 있습니다.

오래전부터 든 생각이지만, 사람이 자신이 하는 일의 끝에 닿으면 어떤 영역이든 굉장히 비슷한 깨달음을 얻게 되는 것 같아요. 문학이든, 스포츠든, 광고든, 예술이든, 경영이든, 한 분야의 정점에 오른 이들은 서로 만나면 굉장히 쉽게 이야기가 통한다는 말을 들은 적이 있는데, 아마 그런 이유 때문이 아닐까 합니다. 그들의 인터뷰에서 제가 자주 발견하는 화두는 이런 것들이에요.

　기본. 자존. 몰입. 동기부여. 디테일.

　인터뷰를 읽다 보면 가끔, 위의 단어들을 화두로 삼아 스스로를 단련하는 한 분야의 거인들을 훔쳐보는 것 같아 짜릿합니다. 인터뷰 읽기는 거인의 어깨에 올라 세상을 바라보는 가장 간편한 방법이라는 생각도 들어요. 사실, 일부러 인터뷰집을 찾아볼 필요도 없습니다. 신문이나 잡지에 실린 한 꼭지의 인터뷰를 읽는 것만으로도 충분하죠. 한 분야의 끝에 닿은 이들이 보여주는 어떤 황홀함. 궁금하지 않으세요? 함께 느껴보시죠. 인터뷰 읽기의 기쁨.

평소의
인풋

보험은 미래를 위한 걸까요?

아뇨.

보험은, 오늘을 계속되게 하는 겁니다.

아무 일 없었던 오늘

맛있는 것을 먹고

보고 싶은 사람을 만난 오늘

작지만, 확실한 행복이 있던 오늘

보험은, 그런 오늘을 계속되게 하는 겁니다.

어려운 시간이 와도
생각지 못한 문제가 생겨도
오늘이 멈추지 않는 겁니다.
어쩌면 막연한 미래보다 소중한
그 오늘을 위해

내일도, 좋은 오늘 되세요
○○생명

매번 새로운 브랜드를 위해 새로운 카피를 쓰는 일은 쉽지 않습니다. 일단, 낯선 브랜드를 만나면 공부의 시간이 필요하죠. 브랜드에 대해 잘 모르면 딱 그만큼의 카피가 나오니까요. 그리고 카피를 쓰는 데 필요한 물리적인 시간은 늘 부족합니다. 잘 알려져 있다시피 광고회사의 업무량은 상당히 많은 편이에요. 충분히 생각해서 고치고, 또 고쳐 써본 경험은 사실 손에 꼽을 정도로 드뭅니다.

그러니 카피를 쓰겠다고 의자에 앉으면 자연스럽게 그 당시 카피라이터의 머릿속을 차지하는 단어, 맴도는 화두들이 튀어나올 수밖에 없습니다. 시간이 없으니까요. 완전한 '무'에서 '유'가 태어날 수는 없습니다. 아직 의미 있게 정리되지 않은 머릿속의 '유'와 '유'들이 모여 한 줄의 카피가 됩니다. 결국은, 카피라이터의 평소의 인풋들에 기댈 수밖에 없는 거죠.

2017년 말, ○○생명의 경쟁 PT를 준비하던 즈음에는 '소확행(소소하지만 확실한 행복)'이란 단어가 막 떠오르고 있었습니다. '소확행'이라니 단어도 참 입에 착착 붙게 잘 만드네 싶어 머릿속에 담아두고 있었는데, 카피를 쓰겠다고 자리에 앉아 있다가 불현듯 보험에 이 단어를 붙여보면 어떨까 싶었어요. 보험은 미래에 '생길지도 모르는' 위험을 대비하는 상품이라는 인식이 강합니다. 그래서 다들 '벌어지지도 않은 일에 지금 내 소중한 돈을 써야 해?'라며 보험 들기를 주저하죠. 그런데 각도를 살짝 바꿔서 생각해보면, 보험은 결국 무슨 일이 생겨도 오늘의 이 사소하지만 소중한 행복이 계속될 수 있게 해준다고도 말할 수 있겠더군요.

소개해드린 카피는 저희 회사가 준비한 세 가지 방향 중 하나로 가져갔습니다. 경쟁 PT 현장에서 동영상 시안으로 제작하여 틀고, 현장의 심사위원들께도 제가 직접 카피를 읽어드렸어요. 고개를 끄덕이시는 분들이 꽤 많이 보여서, PT 결과도 좋을 것 같다는 예감이 들었습니다. 결과는요? 연간 캠페인을 진행하는 두 개의 대행사 중 한 곳으로 선정되었어요. 절반의 승리랄까요? 하지만 아쉽게도 소확행 카피가 실제 광고로 집행되지는 못했습니다. 광고주 측에서 기존에 하던 캠페인을 유지, 발전시키는 것으로 판단을 내렸기 때문입니다. 아쉽지만 어쩔 수 없죠. 그 판단을 존중하고, 거기에서 출발한 더 좋은 아이디어를 내는 것도 광고회사의 일입니다.

시간의 힘이
존중받는 사회

**"오래된 물건의 소박함을 소중하게 여기는 한
우리 마음은 황폐해지지 않아요."**
_호리베 아쓰시, 「거리를 바꾸는 작은 가게」 중

노포(老鋪)에서 음식을 먹을 때마다 느끼는 것은 시간의 힘입니다. 제가 음식 전문가는 아니지만, 오래된 가게에서 내오는 음식들에는 급하게 만든 음식에서는 낼 수 없는 맛이 있습니다. 좋아하는 사람들과 맛있는 음식을 먹는 것이 인생의 가장 큰 즐거움 중 하나라고 여기는 저는, 이런 가게를 만날 때마다 제 혀와 위를 대신해서 감사 인사라도 전하고 싶은 심정이에요. 노포가 이토록 특별한 것은 어쩌면 우리 사회에서 오래된 가게를 만나기가 쉽지 않아서인지도 모르겠습니다.

일본 여행을 가면, 이 나라는 우리와 정말 비슷하면서도 꽤 많이 다르다는 걸 느낍니다. 그 중 제가 몸으로 느끼는 차이는, 일본엔 오래된 가게가 정말 많다는 점이에요. 도쿄 긴자에서 화과자를 샀는데, 포장지를 보니 창업한 지 200년이 넘은 가게더군요. 후쿠오카에서 들른 우나기동(장어덮밥) 집은 140년이 넘은 점포였습니다. 사실 조금만 정보를 검색해도 일본에서 100년이 넘는 역사를 가진 가게를 찾는 건 어렵지 않아요. 일본엔 왜 노포가 많을까요?

저는 대학에서 인류학을 전공했지만 수업 시간에 대체 뭘 했는지 머릿속에 인류학적인 지식은 거의 남아 있지 않습니다. 대신 훌륭한 인류학자 선배들과 친구들이 곁에 있어, 질문을 했습니다. 일본엔 왜 오래된 가게가 많을까. 굉장히 전문적인 답변을 들었지만, 듣는 사람이 전문적이지 않아 다 소화할 수는 없었어요. 대신 추천해준 책을 읽고 나름대로 정리한 결과는 이렇습니다.

일본의 전통적인 친족 제도를 '이에(いえ, 家)'라고 한답니다. 같은 집 가(家)자를 쓰지만, 우리나라의 '가문'과는 개념이 다르다고 해요. 한국의 '가문'이 혈연 관계(특히 부계)가 중심이라면, 일본의 '이에'는 조직—기업체—과 같은 성격이 강했다는군요. 전통 사회에서 한 마을은 여러 '이에'를 단위로 구성되는데, 각 이에가 맡은 역할(농사, 신발 제조, 술 제조)이

그 마을의 유지와 존속에 꼭 필요했으므로 각 이에의 유지와 계승이 중요했대요. 또 지역 사회에서 신용을 얻기 위해서는 이에가 만들어내는 물건의 품질 또한 중요했고요. 우리와 결정적으로 다른 부분이 하나 있는데, 이에의 계승이 반드시 부계 중심은 아니었고, 필요에 따라서는 데릴사위나, 종업원 중 똑똑한 이에게도 계승되었다고 합니다.[*]

우리나라는 부모(주로 아버지)가 하던 일에 자식이 관심이나 소질이 없으면 가업의 대물림이 대체로 어렵습니다. 반대로 일본은 필요하다면 누구든 이에를 이어갈 수 있으니 몇백 년 동안 노하우를 대물림할 수 있었나 봅니다. 같은 물건을 오랜 세월 계속 만들다 보면 자연스럽게 완성도가 높아지고, 디테일이 올라가겠죠. 시간의 힘이 더해지는 겁니다. 일본이 만들어내는 제품을 설명할 때 '장인정신'이란 말이 자주 언급되는 것도, 어쩌면 같은 맥락일 수 있겠네요.

예전에 지인이 화장품 광고를 찍기 위해 일본 사진작가와 일하게 되었는데, 현장에 백발이 성성한 분이 나타났다는

- 『일본 사회 일본 문화』(이토 아비토 지음, 임경택 옮김, 소와당, 2009) 3장 '이에·친족·조상' 참조.

일화를 들은 적이 있습니다. 일본에 가서 느낀 인상적인 점 중 하나는, 나이 들도록 한 분야에서 일을 하는 것에 대한 존중이 느껴진다는 것이에요. 얼마 전 후배 오하림 카피라이터가 도쿄에 가서 올린 인스타그램 사진 속 바텐더는 머리가 하얀 할아버지이시더군요. 개업한 지 90년이 된 올드 긴자 스타일의 바였는데, 바텐더와 종업원 모두가 할아버지, 할머니이셨다고 합니다. 저도 얼마 전 나고야로 여행을 다녀왔는데, 우연히 '마츠야 커피'라는 곳의 본점에서 커피 클래스를 구경하게 되었어요. 그런데 좌중 앞에서 핸드 드립 커피 내리는 시범을 보이는 사람은, 단정하게 차려 입은 백발의 바리스타이셨습니다. 저는 일본말을 잘 모르지만 그분의 설명에선 어떤 온화한 확신이 느껴지더군요. 시간을 두고 정립했을, 커피를 둘러싼 것들에 대한 확신. 물의 온도에 대한 확신. 원두를 갈고 물을 붓는 방식에 대한 확신. 그 단단한 확신을 지켜보며 열심히 노트와 펜을 움직이는 젊은 친구들. 커피 맛의 절반은 마시는 곳의 분위기라고 생각하는데, 그래서인지 그날 커피는 참 맛있었습니다.

시간의 힘을 통해 얻은 것이 존중받는 사회는 늘 부럽습니다. 반대로, 오직 젊고 새로운 것만이 주목받는 사회의 면면을 발견하는 날은 서글픕니다. 요즘 연예인들, 특히 가수들은 그 어느 때보다 빨리 소비되고, 사라지는 것 같아요. 서점에선 오래오래 곁에 둘 책보다는 인스타그램에 올려 나의 '이미지'로 소비할 책들이 더 각광받는 것 같습니다. (그리고 그 책들도 금방 관심 밖으로 멀어지죠.) 회사 근처에 인테리어가 괜찮은 커피숍이 문을 열면 금방 사람들이 몰려드는데, SNS에 그 커피숍 사진이 한참 올라온 뒤로는 다들 용무가 끝났는지 금세 썰렁해지는 것을 느껴요. 새롭다는 것은 누구에게나 잠깐 찾아오는 선물이지만, 반대로 말하면 누구에게나 명백히 사라질 것입니다. 새롭고도 새로운 것만을 찾는 세상 때문에 홀대받기에는, 시간의 힘을 통해 얻을 수 있는 가치 있는 것들이 너무 많습니다.

제가 일하는 분야인 카피라이팅을 예로 들어보겠습니다. 아무리 대단한 재능을 가진 후배도, 좋은 카피를 실제로 써 내려가기 위해서는 2년 정도의 절대적인 시간이 필요합니다. 제가 만난 어떤 천재적인 선배들도, 자신이 바보 같아 보이는 시간을 견뎠다고 고백합니다. 인생엔 오직 시간을 투입하고 기다려야만 얻을 수 있는 것들이 있다고 생각합니다. 영역을 불문하고, 지식을 습득하고 자신의 것으로 변환하는 데에는 절대적인 시간, 숙성의 시간이 필요한 거죠. 이전에 우리나라 최초의 패션디자이너라고 알려진 '노라 노'님의 인터뷰 기사

를 읽었는데, 그분은 이렇게 말씀하시더군요. '성실이 쌓이면 혁신이 된다.'

하지만 요즘은 가끔, 열심히 몰두하는 모습에 대한 시대의 자조를 느낍니다. 서점에 가면, '하마터면 열심히 살 뻔했다'거나, 적당히 거리를 두고 고양이처럼 살라는 메시지들을 정말 흔하게 볼 수 있습니다. 저 또한 구조적 모순이 명백한데 사회적 약자에게 열정을 강요하는 것은 두 손 두 발 들고 반대해요. 젊음은 아파야 한다는 논리도, 신음하는 젊음에게 '힐링'이란 반창고를 붙이는 행위도 반대합니다. 하지만 인생을 걸고 싶은 목표를 발견하고 온 힘을 다하는 모습까지 조롱하는 건 옳지 않다고 생각합니다.

몰두하는 이의 뒷모습은 멋집니다. 몰두의 시간은 분명 선물을 안겨줄 거예요. 그 몰두의 시작이, 남의 강요가 아니라 나로부터 시작된 질문과 그에 대한 답의 결과라면. 당신이 보낸 몰입의 시간은 급하게 집어넣은 지식으로는 결코 닿을 수 없는 곳에 당신을 닿게 할 겁니다. 시간의 힘으로 얻은 것들이 더, 더, 더, 존중받는 사회를 만나길 희망합니다. 기왕이면 그 사회가, 내가 사는 이곳이었으면 좋겠습니다.

휘발의 시대에 대처하는
우리의 자세

**"싼 가격이 주는 달콤함이 사라진 뒤로는,
나쁜 품질로 인한 씁쓸함이 오래도록 남아 있을 뿐이다."**
_벤저민 프랭클린

To. 생각하고, 만들어내는 일을
　　직업으로 가지신 분들께

　　영국에서 대학원을 다닐 때의 일입니다. 마케팅 수업 시간이었어요. 교수님이 한참 강의를 하시다가, 살짝 옆길로 새시더군요. 영국이나 한국이나, 사람 사는 일은 똑같습니다. 그는 자신만의 쇼핑 비법이 있다고, 물건을 사고 나서 절대 후회하지 않는 방법을 알려주겠다고 했습니다. 귀가 솔깃해졌어요. 사실 그날의 수업 내용은 별로 기억이 나지 않는데, 그

잡담만은 또렷하게 남아 있습니다. 벌써 15년 전 이야기인데
도요.

교수님은 '진공청소기 쇼핑'을 예로 들어 설명했습니다.

"여러분이 청소기를 산다 칩시다. 아마 사고 싶은 청소
기의 후보들이 몇 개 있을 겁니다. 고르기가 쉽지 않겠죠. 여
러분이라면 어떤 선택을 하겠습니까? 멋진 디자인? 뛰어난
성능? 아니면 싼 가격? 내 선택은 간단합니다. 일단 청소기를
사기 위해 내가 지불할 수 있는 범위를 정합니다. 어느 물건이
든 그 당시의 지갑이 허락하는 범위가 있을 겁니다. 그리고 그
범위 내에서 가장 비싼 걸 사십시오. 그러면 오랫동안 후회가
없습니다. 살 때는 약간 빠듯해 보이지만, 시간이 지나면 절
대 그 소비를 후회하지 않습니다."

그럴듯한 얘기였어요. 살 수 있는 범위 내에서 가장 좋은
물건이라니. 그래서 그 뒤로 물건을 살 때, 결정 장애가 올 때
마다 적용해봤습니다. 특히 쇼핑의 대상이 오래 두고 쓸 물건
이라면, '지갑이 허락하는 가장 비싼 것을 산다'는 건 꽤 쏠쏠
한 팁이었습니다. 조금 비싸도 '내가 감당할 수 있는 정도'라
면, 쓰는 내내 느끼는 만족감이 구매할 때 좀 더 지불한 가격
을 넘고도 남았어요. 게다가 싼 물건을 사면, 당장은 좋은데

시간이 흐르면 싸게 샀다는 사실이 전혀 장점이 되지 않더군요. 만약 일찍 고장이라도 난다면? 내가 애초에 왜 조금 더 좋은 물건을 안 샀는지 두고두고 후회하게 되죠. 불필요한 소비를 또 하게 되는 일도 생기고요.

얼마 전 아무 생각 없이 페이스북을 열었다가 재미있는 문장을 하나 주웠습니다.

The bitterness of poor quality remains
long after the sweetness of low price is forgotten.
(싼 가격이 주는 달콤함이 사라진 뒤로는,
나쁜 품질로 인한 씁쓸함이 오래도록 남아 있을 뿐이다.)

영국 유학 시절 마케팅 수업 시간에 들었던 말과 같은 결의 문장이었습니다. 얼른 스마트폰 화면을 캡처하면서 출처를 확인하니 '작자 미상'이라고 써 있군요. 여기서 멈추면 문장 좀 수집해본 사람이라고 할 수 없겠죠. 정확한 출처를 찾기 위해 인터넷을 검색하다가 '인용어 사전'이란 웹사이트 (https://www.quotes.net) 속에서 똑같은 문장을 발견했어요. 정황상 아무래도 벤저민 프랭클린이 한 말 같습니다.

'싼 가격의 달콤함이 사라진 뒤에는, 나쁜 품질의 씁쓸함만 남는다.' 맞는 말이죠. 저도 광고 일을 하면서 수도 없이 경험해본 일입니다. 해당 프로젝트에 광고주가 배정한 예산이 낮아서, 하는 수 없이 퀄리티를 살짝 포기하고 만들었던 광고들이 있었습니다. 지금 와서 그때의 광고들을 찾아보면, 당시의 구체적인 사정들은 별로 기억이 나지 않고 차마 눈뜨고 볼 수 없는 퀄리티의 결과물들만 눈에 들어오네요. 그런 광고들은 밖에 나가서 내가 만들었다고 자신 있게 말하는 일도 없습니다. 오히려 누가 그 광고를 봤다고 말하면 말을 얼버무리게 되고요. 사실, 속상한 일입니다. 요즘 세상에 광고를 누가 아껴준다고, 내가 만든 광고를 내가 쳐다보지도 않다니요.

요즘은 광고 제작에 들어가는 비용도 많이 줄어드는 추세입니다. 싸게 만들고, 잠깐 틀었다가, 금방 버립니다. 패스트푸드, 패스트 패션처럼 이제는 패스트 커뮤니케이션의 시대 같아요. 요즘의 마케팅 환경을 저는 가끔 이렇게 부릅니다.

'휘발의 시대'

잠깐 쓰고 용도 폐기되는 휘발성 콘텐츠들을 자주, 많이 만드는 광고 방식은 어쩔 수 없는 시대의 트렌드입니다. 스마트폰이 가장 강력한 미디어가 되고, 정보는 쏟아지니, 사람들은 단 몇 초의 기다림도 참지 못하고 엄지를 올려 다음 콘텐츠로 넘어가죠. 그 현상을 애써 무시하겠다는 생각은 없어요. 존중하고, 적응하려 노력합니다. 저 또한 그 환경에서 살아남는 광고를 만들어야 살아남는 사람 중 한 명이니까요.

하지만 만약 당신이 생각의 결과물을 통해 밥을 먹고사는 사람이라면, 휘발의 시대라고, '저퀄'이 당연한 시대라고 너무 쉽게 퀄리티를 내려놓지 않았으면 합니다. 결국 우리는 우리가 만든 결과물로 우리를 말할 수밖에 없는 사람들인걸요. 세월이 흘러 돌아보면 남는 건 (우리의 모든 사적인 빛나는 순간들을 제외하면) 우리가 만들어낸 것들과 그걸 함께 만들던 사람들과의 기억이더군요. 그 순간들까지 저렴하게 기억된다면 좀 우울하지 않은가요?

끊임없이 뭔가를 만들어내는 사람으로서 다짐하는 게 있어요. 예산이 적다고, 작업 여건이 마음 같지 않다고 나부터 먼저 내려놓지는 말자. 시간이 흐르면 부끄러움은 결국 나의 몫이니까. 그러니 적어도 내가 할 수 있는 범위 내에서는 퀄리티를 확보하자. 본의 아니게 언뜻언뜻 과거에 만든 저퀄리티의 결과물들과 마주치면 정말 씁쓸하더군요. 누가 그 순간 그간의 사정을 설명해줄 리도 없고요. 게다가, 휘발되었다고 생각하던 것들은 예상 외로 끈덕지게 살아남아 브랜드의 인상이 되고, 크리에이터의 흑역사가 됩니다. 검색 한 번으로 모든 정보가 소환되는, 디지털 시대가 그렇게 무섭습니다.

반짝이는 것들,
지나가는 것들

**"그리고 반짝이는 것들이 그렇듯,
그것은 늘 금방 지나갔다."**
_김애란, 「네모난 자리들」 중

    살면서 갈피를 잡기 힘든 순간은 누구에게나 찾아옵니다. 그럴 때 우리는 각자의 방법으로 방향을 찾습니다. 혼자서는 힘들다면 의지할 무언가를 찾을 테고요. 숲속에서 길을 잃어버렸을 때, 시야가 흐려질 때는 나침반이 필요한 겁니다. 누군가에겐 그것이 친구거나, 배우자겠죠. 누군가에겐 믿을 수 있는 멘토와의 대화이고, 누군가에겐 혼자만의 시간일 겁니다. 가끔 저는 생각합니다. '문장'도 아주 훌륭한 나침반이라고.

    마음속에 담아둔 몇 개의 정돈된 문장들은 우리가 방향

을 잃고 헤맬 때 아주 좋은 내비게이션이 되어줍니다. '아, 그렇지, 그런 말이 있었지.' '그러네, 지금 더 중요한 건 이거네.' 평소에 차곡차곡 마음속에 갈무리해둔 인생의 문장들 중 어느 하나가 판단의 근거가 되고, 우선순위를 정해주고, 현상을 읽는 또렷한 관점이 되어줍니다. 첫 책 『생각의 기쁨』에 소개했던, '인생은 결국 어느 순간에 누구를 만나느냐이다'도 제게는 그런 문장입니다. 그 한 줄을 마음속에 담은 뒤로는, 누구—사람이든, 책이든, 영화든, 음악이든—를 만나는 일에 조금 더 집중하게 되었습니다. 그리고 그 '누구'를 조금 더 준비된 상태에서 만나기 위해 노력하게 되었고요.

제가 간직하고 꺼내보는 문장 중에는 또 이런 것이 있습니다.

그리고 반짝이는 것들이 그렇듯, 그것은 늘 금방 지나갔다.
_「네모난 자리들」 중, 『침이 고인다』, 김애란, 문학과지성사, 2007

정말 그렇지 않나요? 반짝이는 모든 것들은 금방 사라지죠. 김애란 작가의 초기 단편을 모은 책, 『침이 고인다』를 읽다가 우연히 만난 문장이었어요. 이 문장이 머릿속을 지나간 뒤로는, 너무나 아름답고 사랑스러운 순간이 지나갈 때마다 늘 이 한 줄을 생각합니다. 반짝이는 이 순간, 영원하지 않겠구나, 누리고 즐기자. 꾹꾹 눌러서 머릿속에 담아두자.

사실 이 문장은 1년에 한 번씩 꼭 꺼내보게 됩니다. 주니어보드 멘토로 활동할 때입니다. 저는 'TBWA 주니어보드'라는 광고회사의 대학생 대상 사회공헌 프로그램에 꽤 오랫동안 멘토로 참여하고 있어요. 요즘은 1년에 한 번씩 열다섯 명의 새로운 후배들을 만납니다. 7개월 정도 진행되는 과정은 예외 없이 늘 흥미진진해요. 긴 여정의 첫날, 오리엔테이션을 받기 위해 한 자리에 모인 열다섯 명의 눈빛을 보면 정말 반짝반짝합니다.

맹자가 군자의 세 가지 즐거움을 이야기하면서 이런 말을 한 적이 있습니다.

得天下英才而教育之. 三樂也.
(득천하영재이교육지. 삼락야.)
천하의 영재를 얻어 그를 가르치는 것.
(군자의) 세 번째 즐거움이라.

주니어보드의 멘토로 참여했던 시간들 덕분에, 이제는 이 말이 무슨 뜻인지 조금 알 것 같습니다. 제 경험에서 출발한 사소한 자극이, 그들의 큰 성장으로 이어지는 걸 보는 건 놀라운 경험이더군요. 돌아보면, 제게도 분명 그런 순간들이 있었습니다. 좋은 선배들을 만났고, 뛰어난 동료들을 보며 질투의 감정도 느꼈습니다. 선배들의 좋은 아이디어를 따로 노트에 적어보고, 비슷하게 내려고 노력하다 보니 제게도 찾아오더군요. 내가 성장하고 있다는 기분. 아이디어가 조금씩 더 자주 팔리는 느낌. (광고계에선 아이디어를 설명하는 장면을 '깐다'고 합니다. 그리고 그렇게 '깐' 내 아이디어가 채택되면 아이디어를 '팔았다'고 표현합니다.)

분명 그것은 반짝이는 순간이었을 겁니다. 지나고 나서야 알았지만요. 달라진 내 모습을 충분히 대견해해도 좋은, 결코 풀 수 없을 것 같던 문제가 내 연필의 움직임과 함께 풀려나가는 그 저릿한 쾌감을 만끽해도 좋은, 그 순간이 오기까지 직간접적으로 도와준 선배들과 동료들에게 감사하고 자랑해도 좋은, 인생에 매일 찾아오지 않는 성장의 순간들.

그래서 주니어보드 친구들에게 과제를 주는 첫날, 저는 저 문장을 꼭 스크린에 띄워놓고 이야기를 합니다.

"설레지? 나도 설레. 만끽해도 좋아. 오늘 이 자리에 앉은 열다섯 명이 된다는 건 보통 특별한 일이 아냐. 장담해. 몇 명에게는 정말 인생의 순간이 될 거야. 그런데 내가 장담하는 게 하나 더 있어. 시간은 생각보다 훨씬 빨리 흐를 거고, 정신을 차리고 보면 우리는 7개월의 과정을 마무리하는 뒤풀이 자리에 앉아 맥주를 마시면서 오늘 이 자리를 얘기하게 될 거야. 반짝이는 모든 것들은 금방 지나가. 7개월은 그렇게 짧아. 최선을 다해서 즐겨."

우리는 빛나는 순간 안에 있을 때는 그것이 빛나는지를 잘 알지 못합니다. '젊은 날엔 젊음을 모르고 사랑할 땐 사랑이 보이질 않았네.' 이상은의 '언젠가는'이란 노래의 가사처럼요. 하지만 아주 가끔, 이 순간이 빛나고 있다는 걸 본능적으로 느낄 때가 있어요. 그때는 그것의 눈부심에 취해 그것이 금방 지나가리라는 생각을 하지 못해요. 내일도, 내년에도 이 순간이 찾아올 것임을 믿어 의심치 않죠.

소설 속 한 문장을 만난 뒤로는, 일부러라도 떠올려보려 합니다. 지금이 반짝이는 순간이라는 생각이 들면—그것의 사라짐이 당연할지라도—흘려보내지 않겠다고. 당연하게 여기지 않겠다고.

'그리고 반짝이는 것들이 그렇듯, 그것은 늘 금방 지나간다.'

평소의 힘

가끔 생각합니다. 나는 무엇을 위해 문장을 줍고, 밑줄을 그을까? 좋은 음악이 들리면 왜 서둘러 음악 검색 애플리케이션을 켜고, 좋은 책과 영화를 추천받으면 왜 꼬박꼬박 스마트폰 메모장에 적어둘까? 일을 잘하고 싶어서? 좋은 아이디어를 내고 싶어서? 돈을 더 많이 벌고 싶어서?

왜 그렇지 않겠어요. 저도 그렇게 되고 싶습니다. 일을 더 잘하고, 더 좋은 생각을 하고, 돈도 많이 벌고 싶습니다. 하지만 그것이, 떠오르는 생각을 적고 좋은 음악을 듣고 남의 문장에 밑줄 긋고 틈틈이 감동하는 일들의 근본적인 이유 같지는 않습니다.

이 책을 쓰던 어느 일요일 오후였어요. 그날따라 유난히 글이 잘 풀리지 않았습니다. 카페에 앉아 있는데 하릴없이 시간은 흐르고, 내가 여기서 뭐하고 있는 건가 싶어졌습니다. 가슴이 답답해지는 와중에, 옆 테이블에 앉은 다섯 살 정도 되는 남자아이가 태블릿 PC로 만화를 크게 틀고 보기 시작하더군요. 옆에 앉아 있는 아이 아빠에게 조금만 조용히 해달라고 얘기하려다가 흘끗 보니, 정신이 반쯤 나간 표정이었습니다. 저만한 나이의 아이를 키우는 아빠의 심정, 누구보다 잘 알죠. 그냥 내가 음악을 듣는 게 낫겠다 싶어 이어폰을 꽂고 볼륨을 크게 올렸습니다. 마침 플레이리스트에 담아두고 한 번도 들어보지 못했던 제이콥 뱅크스(Jacob Banks)의 'Be Good To Me'라는 노래가 흘러나오네요.

보컬 자체도 굉장히 매력적이지만, 곡이 시작하고 25초 부근부터 등장하는 멜로디의 구성이 예사롭지 않았습니다. 음악이 샤워기에서 나온 물줄기처럼 머리 위로 쏟아지는 기분이었어요. 그 감각이 너무나 강렬해서, 커피숍에서 키보드 자판과 씨름하다가 꼬맹이의 만화 동영상 볼륨 따위에 아웅다웅하던 감정은 순식간에 사라집니다. 그런 날이면, 이런 생각이 듭니다.

'오늘은 글 따위 못 쓰고 돌아가도 괜찮아.'

그날 저는 평소의 시간 속에 숨겨진 보석을 만난 거죠. 보석을 만난 순간은 본능적으로 알 수 있습니다. 제가 감히 생각지도 못하던 생각을 정리해놓은 문장을 만나는 날이면, 경외와 질투가 반반씩 섞인 감정으로 그 생각들을 가둬둔 글자들의 조합을 한동안 바라보곤 합니다. 취향을 저격하는 음악이 의외의 장소에서 등장할 때면, 그리고 그 조합이 놀랍도록 아름다울 때면 종종 전율에 가까운 감정을 느낍니다. 해마다 4월이면 냉이된장국에 돈가스가 나오는 희한한 백반집에 팀원들과 함께 찾아가서, 오는 봄을 기념하고 근처 성곽 길을 걷다 돌아오곤 하는데요, 연례행사처럼 보내는 그 시간을 저는 정말이지 좋아합니다. 소도시를 지나다가 아무렇지 않게 차를 세우고 찾아 들어간 가게의 막국수가 놀랍도록 맛있어서, 아내와 그 국수의 다대기와 육수가 뿜어내던 아우라에 대해 오래도록 이야기하곤 합니다.

때론 그 감정들 때문에, 그리고 그 감정들을 우리 인생에서 또 만날 수 있다는 기대감에 하루를 산다는 기분이 듭니다. '평소'를 흘려보내지 않으면, '평소'를 만끽하다 보면, '평소'는 슬그머니 우리에게 반짝거리는 기쁨들을 선물합니다.

그것이 제가 밑줄 긋고, 적어두고, 간직하는 좀 더 근본적인
이유일지도 모르겠습니다.

여러분들의 하루에도, '평소'의 힘과 아름다움을 발견하
는 순간이 더 자주 찾아오길 바랍니다.

인생의 보석들은,
평소의 시간들 틈에 박혀 있습니다.

● **유병욱** 인스타그램 @yoo_byoung_ook

광고의 본질은 기업의 문제를 해결하는 데 있다고 생각하는 20년차 카피라이터. 현재는 광고회사 TBWA KOREA에서 크리에이티브 디렉터로 일하고 있다.

서울대학교 인류학과를 졸업하고, 런던 웨스트민스터대학교에서 마케팅커뮤니케이션 석사학위를 받았다.

시디즈 '의자가 인생을 바꾼다', ABC마트 '세상의 모든 신발', e편한세상 '진심이 짓는다', 비타500 '착한 드링크', SK브로드밴드 'See the Unseen', SK텔레콤 '생각대로 해 그게 답이야', 겔포스 '겔의 포스가 함께하길' 등의 광고 캠페인에 참여했다.

시디즈 '의자가 인생을 바꾼다' 캠페인으로, 오직 광고의 마케팅적인 효과만으로 평가받는 에피 어워드 코리아(Effie Awards Korea)에서 그랑프리를 받았다. 시디즈 '세상에서 가장 까다로운 고객' 편으로 '국민이 선택한 좋은 광고상' TV 부문 좋은 광고상을 받았으며, ABC마트 '세상에 없던 신발' 캠페인으로 한국 최초 페이스북 어워드(Facebook Awards) 글로벌 위너 상을 수상했다.

지은 책으로는 『생각의 기쁨』 『평소의 발견』 『없던 오늘』이 있다.

평소의 발견
ⓒ 유병욱 2019

1판 1쇄 2019년 8월 5일
1판 7쇄 2021년 8월 24일

지은이 유병욱 **펴낸이** 김정순 **편집** 허영수 한아름
디자인 김리영 **마케팅** 이보민 양혜림 이다영
펴낸곳 (주)북하우스 퍼블리셔스 **출판등록** 1997년 9월 23일 제406-2003-055호
주소 04043 서울시 마포구 양화로 12길 16-9(서교동 북앤빌딩)
전자우편 editor@bookhouse.co.kr **홈페이지** www.bookhouse.co.kr
전화번호 02-3144-3123 **팩스** 02-3144-3121

ISBN 979-11-6405-032-1 03810

*KOMCA 승인필